Table des matières

La petite fille, la grand-mère et l'auteur célèbre 2

La jeune femme et les deux clochards 10

Le babet, l'avocate et la jeune Lady 29

Le guerrier IO 88

Si tous les gardiens sont des Anges,
ce ne sont pas tous des lumières 95

Ski sophrénie 99

La mission du marin de Première Classe Couturier . 109

La petite fille, la grand-mère et l'auteur célèbre

L'homme est assis sur un banc dans le square. Vêtements bien coupés, élégants, avec le je-ne-sais-quoi de décalage qui fait penser que la personne qui les porte est un être singulier, hors de la masse du commun.
Il fait beau, les oiseaux gazouillent.

L'homme se sent bien. L'émission s'est déroulée à merveille. Il a été impérial. Chacun a pu voir ce qu'était un intellectuel, un vrai, impossible à confondre avec ces pseudo-penseurs qui ressassent à l'infini des idées éculées d'un ton professoral.
À chacune de ses interventions il se sentait comme l'athlète lors de la finale des Jeux Olympiques : il est le centre de l'attention de tous, il bande son arc lentement, il suspend le temps quelques secondes et, sans effort apparent, il décoche une flèche qui va se ficher au centre de la cible. Et à chacun de ses traits il a senti un frémissement d'admiration et de plaisir dans l'assistance.

Il faut dire qu'il avait soigneusement préparé l'émission : il s'était doté d'un attaché de presse et il avait fait appel à un spécialiste reconnu de la communication. C'était sa première apparition dans l'émission phare regardée et commentée par toute l'intelligentsia. Dès la fin de sa prestation il avait reçu plusieurs messages de félicitation de personnes qui comptent dans ce milieu. Il avait même eu une proposition de rendez-vous de l'un des Papes de la nouvelle philosophie.
« Maintenant tu es admis dans le cercle très fermé des intellectuels qui comptent dans le paysage audiovisuel » se dit-il avec délectation.
Il laisse cette phrase tourner dans sa tête quelques instants. Elle lui procure une véritable euphorie.

« Excusez-nous, Monsieur, pouvons-nous nous asseoir à côté de vous sur le banc ? ».
Il sort de sa rêverie et lève les yeux.
Une dame âgée est debout en face de lui. Elle tient une petite fille par la main.
« Cela doit être la grand-mère » pense l'homme.
En effet, c'est une grand-mère comme on en voit dans les livres pour enfants : les cheveux gris relevés en chignon, les lunettes en écaille et les yeux bleu tendre et souriants. La petite fille se tient bien droit à son côté, des boucles de cheveux noirs encadrent un visage en amande, de grands yeux noirs regardent l'homme.
« Je vous en prie » dit ce dernier en se décalant sur le côté du banc.
Les deux personnes s'installent avec un sourire de remerciement.

La petite fille se défait du cartable qu'elle porte sur son dos. Elle en extrait un journal qu'elle commence à lire.
L'homme s'amuse de la voir plongée intensément dans sa lecture. C'est l'édition du jour d'un périodique bien connu, plutôt sérieux, voire austère.
Il a un sourire surpris : « *je ne sais pas ce qu'elle peut comprendre à cette lecture, mais c'est agréable qu'elle ne se contente pas des livres benêts habituellement réservés aux enfants* » *pense-t-il.* « *Elle sera peut-être un jour l'une de mes élèves. Cela me changera de ces cohortes d'étudiants médiocres que je dois supporter à longueur d'année universitaire* ».
« *Enfin, grâce à ma prestation dans l'émission je vais sûrement être débarrassé de cette corvée et utiliser mon intelligence à des tâches plus en rapport avec mes compétences* ».

Au bout de quelques instants la petite fille murmure :
« *Le monsieur s'est trompé* ». *Elle pointe de l'index un mot dans l'article qu'elle lit.*
La grand-mère ne réagit pas et continue la lecture d'un livre qu'elle tient sur ses genoux.
Intrigué par la remarque de la petite fille l'homme lui demande doucement :
« *Tu as trouvé une erreur dans cet article ?* ».
« *Oui, il me semble qu'un mot n'est pas le bon. C'est écrit : la Bourse a clôturé ce jour à 17 heures. Clôturé, ce n'est pas le bon mot* ».
« *Tu as trouvé un synonyme à ce mot ?* ».
« *Les synonymes c'est deux mots qui veulent dire la même chose ?* ».
« *Oui, c'est cela* ».

« Je pense que ça n'existe pas. Chaque mot dit une chose qui est à lui et à personne d'autre ».
« Tu dirais quel mot à la place ? ».
« Je dirais clore. Clore c'est le temps, clôturer c'est l'endroit. Ça m'étonnerait qu'ils fassent une barrière autour de la Bourse. Je ne sais pas ce que c'est la Bourse mais ça doit être grand et pas pratique de mettre une clôture tout autour ».
L'homme est surpris et impressionné de la pertinence de la remarque de la petite fille. Il la contemple avec un intérêt croissant.

Après un instant de silence la petite fille reprend :
« Il y a aussi les mots qui restent en bas et les mots qui montent ».
« Tu peux m'expliquer ? ».
« C'est la différence entre la douleur et la souffrance. La douleur c'est en bas ».
« Tu veux dire c'est physique, c'est le corps ? ».
La petite fille réfléchit :
« Oui, c'est bien. C'est physique, c'est le corps. Et tu dirais quoi pour la souffrance ? ».
« Peut-être l'esprit ? ».
« Oui ! ».
Un large sourire illumine le visage de la petite fille.
« J'ai appris deux choses. J'aime bien apprendre ».
L'homme sourit à son tour. Il découvre une complicité bienveillante et inattendue avec cette petite fille.

Après un moment de silence elle dit :
« J'aime bien faire des erreurs. Si je ne fais pas d'erreur je fais ce que je sais déjà faire. Quand je vois que j'ai fait une erreur je suis contente parce que j'ai osé faire, parce que j'ai

vu l'erreur et j'aime bien chercher comment je peux faire autrement ».
L'homme reste songeur. Il se dit « cette demoiselle vient de me donner une leçon de pédagogie. Moi qui m'agace dès que l'un de mes élèves fait une erreur ! ».
« Qui t'a appris tout cela ? ».
« C'est mon Papy ».
« Il fait quoi dans la vie ? ».
« Il est cordonnier. Il répare les souliers ».
« Décidément, je vais de surprise en surprise » pense l'homme en souriant.
« Et toi, tu veux faire quoi quand tu seras plus grande ? ».
« Plus tard je veux aider à réparer les gens ».
« Tu veux être médecin ? ».
« Non, je veux plutôt aider à réparer dans la tête ».
« Et tu penses faire comment ? ».
« Je vais faire avec les mots. Les bons mots à la bonne place peuvent réparer. Je dois encore apprendre, beaucoup de mots ne me parlent pas encore ».

« À l'école tu dois être la meilleure élève de ta classe ».
« Je fais attention à ne pas penser comme ça ».
« C'est-à-dire ».
« Je t'explique : pour moi les mots c'est comme des animaux. Il y en a des gentils et d'autres qui peuvent te faire du mal. Et des fois c'est toi qui te fais du mal. Par exemple il y a fierté qui est le mot gentil et orgueil qui est le mot qui peut faire du mal ».
« J'ai à nouveau besoin que tu m'expliques la différence ».
« Si je fais bien, je suis fière, c'est bien, c'est agréable et ça me donne envie de continuer. Mais je ne suis pas la meilleure : ça, c'est de l'orgueil ».
« Et l'orgueil, c'est mal ? ».

« Ce n'est pas mal, mais ce n'est pas vrai : un autre élève peut mieux réussir et peut-être je vais faire une erreur la prochaine fois. Si je me prends pour la meilleure je vais être... », la petite fille hésite, elle cherche le mot approprié. « Comment on dit, Mamy quand on est sûr d'avoir toujours raison et qu'on n'écoute plus les autres ? ».
La grand-mère lève les yeux et dit « arrogant », puis elle se plonge à nouveau dans la lecture de son livre.
« Arrrrogant » s'exclame la petite fille en faisant rouler les R.
« Tu vois, c'est un mot qui ne fait pas une belle musique. Il grogne comme un lion qui n'est pas content ! ».
« Les mots font de la musique ? ».
La petite fille a l'air surprise :
« Oh oui ! ». Elle prononce lentement : étoile, velours, amour. « Ce sont des belles musiques ».

La petite fille replie le journal, sort un cahier et un crayon de son cartable. Elle se met à écrire un mot avec application.
« Tu fais de l'écriture ? » demande l'homme.
« Oui, je m'entraîne, c'est difficile de bien faire les lettres ».
« Je peux voir ce que tu as écrit ? ».
La petite fille lui tend son cahier.
Il voit inscrit d'une écriture encore un peu hésitante le mot Filou.
« C'est bien » dit l'homme. « Je trouve la majuscule plutôt bien dessinée ».
La petite fille le regarde, surprise.
« Je ne vois pas de majuscule dans ce que j'ai écrit ».
« Si, regarde, la première lettre, le F ».
Après quelques secondes de réflexion la petite fille lui répond :

« Pour moi le F n'est pas une majuscule mais une capitale. C'est caput, la tête. Ça vient à la tête du mot », « Si tu veux, je vais t'écrire une majuscule ».

Elle reprend son cahier et, avec application, elle dessine un

Elle contemple son œuvre quelques secondes puis tend le cahier à l'homme.
Ce dernier pense : « Je vais de surprise en surprise avec cette demoiselle ».
Il lui demande : « Filou, c'est qui ? ».
« C'est mon chien. Il est mort ».
Soudain l'homme se remémore le chien qu'il a perdu quand il était enfant, le chagrin qu'il a éprouvé alors. Il se rend compte que, tant d'années après, sa peine est toujours là.
« Tu dois être triste » lui dit-il.
« Pas vraiment. C'est moi qui l'ai trouvé. Au début j'ai eu de la peine, mais j'ai vite vu qu'il était parti, qu'il ne restait plus que l'enveloppe. Je ne sais pas bien où il est, mais je sais qu'il est intelligent et qu'il doit sûrement être dans un endroit bien. Et je sais aussi qu'il est là et qu'il veille sur moi ».
Elle se retourne vers l'homme et elle dit :
« C'est pareil pour Blacky, ton chien, il est là ».
L'homme est tellement surpris de sa réponse qu'il ne pense pas à lui demander comment elle connaît le nom de son chien.

La grand-mère intervient :
« Il est l'heure d'aller goûter ».

Elle se lève. La petite fille range son cahier dans son cartable et se lève à son tour.
Elle se retourne vers l'homme et lui dit en le regardant dans les yeux :
« Mon Papy m'a appris la différence entre briller et rayonner. Rayonner ça vient du dedans, c'est comme le soleil, c'est chaud. Briller c'est juste un reflet, c'est comme la lune, c'est froid. Si tu cherches à briller c'est juste l'extérieur mais tu ne peux plus rayonner, la lumière ne peut plus sortir de l'intérieur. Je pense que c'est mieux de laisser rayonner et pas de chercher à briller ».

Elles s'éloignent, se tenant par la main.
La petite fille se retourne vers l'homme et lui fait un petit signe.

FIN

La jeune femme et les deux clochards

Il fait froid.
Le fleuve s'écoule lent et noir sous le pont de pierre.
Seuls quelques réverbères font une tache de lumière de loin en loin. Les bruits de la ville parviennent atténués sur le quai.
La jeune femme est debout, immobile à quelques centimètres du bord du fleuve. Sa silhouette se découpe à peine dans l'obscurité.
La tête penchée elle fixe intensément l'eau. Elle se balance lentement et semble progressivement attirée par cette masse noire et mouvante.
Elle pousse un soupir et son balancement s'accentue.

Soudain une voix se fait entendre dernière elle :
« Eh, attention, demoiselle, tu vas finir par tomber dans la flotte ! ».
La jeune femme sursaute et se retourne.

Elle aperçoit sur un banc une forme humaine qui la regarde.
« Tu ne devrais pas t'approcher si près du bord, ce n'est pas prudent, tu risques un accident ».
« Ce ne serait peut-être pas un accident » répond la jeune femme avec un sourire amer.

Quelques secondes de silence.
« Tu n'as quand même pas l'intention de plonger dans ce bouillon ? J'ai connu mieux comme endroit et comme époque pour un bain de minuit. Tu risques vraiment de te noyer ».
« Et alors ? Cela ne ferait de tort à personne ».
« Je ne suis pas d'accord ! Si tu plonges je vais être obligé de te repêcher et, à mon âge, avec ce froid de canard ce n'est pas vraiment indiqué. Si tu réussis ton coup je vais voir débarquer la brigade fluviale, la police, fini la tranquillité ! ».
« Si vous croyez que les flics en ont quelque chose à faire ! ».
« Les flics je ne connais pas. Je connais les policiers. Je préfère être respecté, donc je respecte ».

Surprise par cette repartie, la jeune femme fait quelques pas vers la forme humaine. Elle distingue maintenant l'homme assis sur le banc.
« Un clochard » pense-t-elle.
Il est emmitouflé dans une couverture. Seule sa tête émerge, couverte de longs cheveux gris et d'une imposante barbe de même couleur.
« Viens t'asseoir à côté de moi, ce sera plus commode pour causer ».

Après une seconde d'hésitation la jeune femme obtempère.

Ils restent silencieux un moment puis le vieil homme lui dit :
« Vas-y, raconte. Parfois cela soulage ».

La jeune femme reste un moment immobile puis, soudain, elle se lance et raconte son histoire : Elle avait été nommée chef de projet dans une agence de publicité très en vogue. Le patron de l'agence était un homme extraordinaire qui lui avait fait confiance en lui donnant ce poste. Après des débuts prometteurs les choses s'étaient gâtées. Elle avait eu de plus en plus de mal à saisir les demandes des clients et à les traduire en réalisations qui leur conviennent. Le patron venait de lui retirer l'affaire sur laquelle elle travaillait. Il l'avait fait avec gentillesse en lui disant que ce n'étais pas grave, que cela arrivait à tout le monde de ne pas capter les attentes d'un client, qu'elle ne devait pas se faire de soucis. Mais elle avait bien vu qu'il était déçu et, d'une certaine façon, elle aurait préféré qu'il se soit mis en colère. Elle a fini par donner sa démission. Elle a tout perdu : une promotion inespérée, un travail passionnant et la considération de son patron. Depuis elle n'a plus d'énergie, plus d'envie. Tout lui paraît dérisoire... D'où sa présence au bord du fleuve.
« Je vois » lui dit le clochard.
« Au fait, je ne me suis pas présenté. Je me nomme Archimède de Saint Arche ».

La jeune femme ne peut retenir un sourire, surprise de ce patronyme singulier.
« Et vous faites quoi dans la vie ? ».
« Je fais ce que me commande mon nom : Archimède. Tu connais mon théorème ?
Tout corps plongé dans un fluide au repos, entièrement mouillé par celui-ci ou traversant sa surface libre, subit une force verticale, dirigée de bas en haut et opposée au poids du volume de fluide déplacé.

*Je veille donc à l'équilibre des fluides et des forces. Il m'arrive parfois d'aider mes semblables à ne pas couler. C'est la raison pour laquelle j'aurais dû te repêcher.
Pour équilibrer les fluides et les forces j'utilise mon nom de famille : de Saint Arche.
L'Arche est un pont. Cet Arche est au masculin car c'est un pont entre le réel et le subtil ».*
*« Une connexion avec l'au-delà ? » demande la jeune femme avec un brin d'ironie.
Sans relever la moquerie le clochard répond :
« Cela me parait une formule un peu sommaire, mais elle peut convenir.
Cela dit, de ce que j'ai compris de ta situation il me semble que tu es victime d'une intoxication.
Je connais quelqu'un qui peut t'aider ».
« Vous allez l'appeler ? ».
« C'est inutile, il arrive ».*

*À cet instant une silhouette apparaît dans l'obscurité.
« Tiens, un autre clochard » pense la jeune femme.
C'est également un grand vieillard assez semblable au premier à la différence qu'il est entièrement chauve.
« Salut à toi Georges ».
« Salut et fraternité Archimède ».
« Je vous présente Georges que certains surnomment improprement le butor et le créditent donc d'un caractère ombrageux. Or, le qualificatif approprié est le boute hors. L'une de ses spécialités est de bouter l'importun hors de l'opportun. C'est un terrassier terrasseur ».
« Un quoi ? » demande la jeune femme.
« Un terrassier, tu vois ce que c'est ? Il creuse la terre pour créer les fondements de l'opportun et également pour saper ceux de l'inopportun. Il ne lui reste plus qu'à le terrasser.*

Pour ta gouverne, terrasser c'est renvoyer à la terre. Et Georges, c'est un fameux terrasseur ».
« Enchanté » dit la jeune femme un peu déconcertée par cette présentation.
« Moi de même » répond Georges. Il enchaîne :

« Archimède, je vois que tu n'as pas perdu la main, je confirme ton diagnostic : nous avons affaire à une intoxication sévère. L'importun s'est glissé dans l'opportun chez cette jeune dame, lui fait perdre sa lucidité et lui brouille l'esprit.
Si elle le souhaite nous pouvons lui donner un petit coup de main ».
« Cela te tente ? » demande Georges à la jeune femme.
« Pourquoi pas ? ».
« Pourquoi pas, je ne connais pas, c'est oui ou non ».
« C'est oui » répond-elle après quelques secondes d'hésitation. « Dois-je vous expliquer ma situation ? ».
« Inutile. Si tu le veux nous pouvons nous mettre immédiatement au travail ».
La jeune femme acquiesce d'un mouvement de tête.
« Je vais d'abord t'expliquer le mécanisme qui t'affecte puis nous déroulerons le protocole de désintoxication. N'hésite pas à me questionner si tu le souhaites et tu peux arrêter à tout moment, d'accord ? ».
« D'accord ».
« Bon, c'est parti mon Kiki !
Ce qui t'arrive, c'est comme si une substance toxique s'était logée dans ton esprit et dans ton corps. Elle t'empoisonne lentement et sûrement.
Ces toxines sont produites par ton esprit chaque fois que tu te remémores des situations agréables et stimulantes que tu

*as connues dans ton travail. Ton corps prend le relais par tes sens : la vue, l'odorat, le toucher et le goût.
Tes mémoires mentale et corporelle font le tri dans tout ce que tu as vécu, ne retiennent que les aspects positifs puis ton esprit les amplifie. Chaque fois que tu évoques un souvenir cela sécrète des toxines. Cela devient une addiction : il te faut régulièrement ta dose. Tu sais que c'est un piège, mais tu ne peux plus t'en passer. Cette addiction te coupe progressivement de la réalité. Voilà pour le constat ».
« Pour en sortir c'est simple et logique : comme les toxines sont générées par ton esprit, l'idée est donc de le mettre à contribution pour qu'il fabrique des contrepoisons. S'il peut le faire dans un sens, il peut également le faire dans le sens inverse. Tu vois, comme je te l'avais dit, c'est simple et logique.
Voilà pour l'explication. Maintenant passons à l'action.*

*Juste une précaution : tu connais la maxime : aide-toi, le ciel t'aidera. C'est ce que parfois les humains oublient : ils font une demande et ils attendent d'être exhaussés. Cela ne peut pas marcher, ils n'ont pas fait leur part. Nous allons donc faire ensemble, chacun sa part : tu fais, je te guide. Tu es prête ? »
« Je ne sais pas où je vais, mais c'est d'accord, je suis prête ».*

*Pour commencer nous allons faire un petit exercice pour restaurer ta lucidité, pour remettre ton esprit en ordre de marche. Pour cela nous allons faire appel à ta logique.
Je te propose la devinette suivante : quelle est la couleur des ténèbres ? ».
La jeune femme, perplexe, ne répond pas.
« C'est bien, tu ne sais pas, tu ne te prononces pas. Je vais t'aider en te donnant une définition des ténèbres. Il y en a de*

nombreuses. En voici une très classique : les ténèbres c'est l'obscurité, l'absence de lumière. Dans ce cas, quelle est la couleur des ténèbres ? ».
« Cela me semble être le noir ».
« Bien. Imaginons maintenant une autre définition plus exotique : disons que les ténèbres c'est là où on ne voit pas la lumière ».
La jeune femme réfléchit et dit : « les ténèbres c'est peut-être également noir ».
« Nous allons voir si ta réponse résiste à une analyse logique. Prenons l'exemple des étoiles : quand peux-tu voir leur lumière ? »
La jeune femme réfléchit : « pendant la nuit ».
« Sois plus précise, dans quel type de nuit ? Une nuit de pleine lune ? ».
« Non, sa lumière m'empêcherait de les voir ».
« Tu en conclus quoi ? ».
« Pour voir la lueur des étoiles il faut le noir ».
« Quand est-ce que l'on ne la voit pas ? ».
« Dans la clarté ».
« Donc, quelle est la couleur des ténèbres ? ».
« C'est le blanc » dit la jeune femme surprise et heureuse de cette réponse.
Georges ajoute :
« Juste une précision : voici une troisième définition : les ténèbres c'est la lumière non encore révélée. Dans ce cas leur couleur est le magenta. Donc, comme tu peux le constater pour bien utiliser un mot il est important de s'ajuster sur sa définition.
Ton esprit fonctionne à nouveau correctement. Nous allons pouvoir l'utiliser pour la suite du travail.
Revenons à ta situation. Après des débuts prometteurs, tu as rencontré des difficultés dans ton travail. Tu as tenté de

redresser la situation et tu n'y es pas parvenue. Tu éprouves une grande tristesse. Derrière cette tristesse se cache une colère au moins aussi intense contre toi de ce que tu vis comme un échec. Tu peux également éprouver de la colère contre ton entourage.
Le travail que nous allons faire va probablement te conduire à voir la situation différemment. Après l'avoir idéalisée tu vas peut-être la dénigrer. C'est une étape nécessaire pour ta désintoxication mais elle présente un danger : la colère que tu peux éprouver contre certaines personnes peut te pousser à la vengeance : tu risques de voir clairement leurs défauts et tu pourrais t'en servir contre elles pour te venger. Or, la vengeance est une pathologie de la réparation ».
« Je ne comprends pas très bien la différence ».
Georges se tourne vers l'autre clochard ;
« Archimède, tu es expert dans l'équilibre des fluides et des forces. Dans la mesure où les mots sont des concentrés d'énergie, de fluides et de forces, je te laisse lui expliquer ».

Archimède prend la parole :
« Je te donne un exemple : je détruis ta maison. Pour réparer cet acte, tu vas me demander de la reconstruire. Cela, c'est la réparation. Si tu bascules dans la vengeance tu es tentée de détruire ma maison. La vengeance c'est le côté obscur de la force : non seulement cela ne reconstruit pas ta maison mais cela détruit la mienne. C'est le début du cercle vicieux classique : la vengeance appelle la vengeance.
Pour éviter de tomber dans ce piège Georges et moi allons te demander de prendre l'engagement que ce que tu vas découvrir de négatif concernant l'agence et les personnes qui y travaillent restera entre nous trois et qu'en aucune façon et à aucun moment tu ne t'en serviras contre elles. Il s'agit de t'aider à te reconstruire, pas à les détruire ».

Après un instant d'hésitation la jeune femme dit « OK, je m'y engage ».

« Bien, tu viens de renoncer à la vengeance.
Nous pouvons débuter le traitement.
Tu vas voir, la démarche est simple et logique :
Comme je te l'ai expliqué tu es victime d'une intoxication. Les toxines sont générées par ton esprit. L'idée est donc de mettre ton esprit à contribution pour sécréter des contrepoisons. S'il a pu le faire dans un sens, je fais l'hypothèse qu'il peut le faire dans le sens inverse. L'idée est d'utiliser tes sens pour cela.
Tu vas rechercher des éléments matériels dans ton travail qui ne te conviennent pas vraiment ».
« C'est-à-dire ? ».
« Cela peut être, par exemple, la disposition de ton bureau, tes horaires, tes modalités de transport, le matériel que tu utilises, etc., même des éléments qui te paraissent de peu d'importance ».

Archimède sort un carnet noir et un crayon de sa poche.
« Je te propose de noter dans ce carnet chaque élément que tu auras identifiés ».
Tu peux rechercher des éléments plutôt permanents ou te remémorer une situation particulière ».

*Il aide la jeune femme en lui suggérant d'autres thèmes à explorer. Au début cette dernière est hésitante puis, progressivement, elle s'habitue à l'exercice qu'elle fait de plus en plus rapidement. Parfois un sourire apparaît sur son visage.
Lorsqu'elle a terminé Archimède lui dit :*

*« Tu as fait la première étape qui consiste à identifier.
Combien d'éléments as-tu repérés ? ».*
« J'en ai trouvé dix ».
« Bien, maintenant tu en choisis cinq qui te paraissent les plus significatifs et tu vas hypertrophier chacun d'entre eux ».
« Hypertrophier ? »
« Tu visualises le défaut et tu déformes l'image, tu grossis le trait jusqu'à la caricature. Par exemple, si tu trouves que la température de ton bureau est régulièrement trop élevée à ton goût, tu en fais un four ».

Après quelques instants :
« C'est fait » dit la jeune femme.

« Maintenant tu fixes chaque image. Tu les enregistres aussi précisément que possible et tu les associes systématiquement à ton activité.
Cela veut dire qu'elles doivent t'apparaître immédiatement et défiler dans ton esprit chaque fois que tu penses à elle.
Tu verras, avec un peu d'entraînement cela devient automatique.
Vas-y, fais un essai ».
La jeune femme se concentre et il se lance dans l'exercice.
Quelques instants de silence.
« C'est incroyable, ça marche ! Ma vision de mon ancienne boîte a vraiment changé. C'est comme si je me reculais d'elle, comme si je faisais un zoom arrière ! ».
« C'est bien. Je te rappelle simplement que ce que tu vois ce n'est pas la réalité mais une image déformée d'elle dont le seul but est de permettre à ton esprit de se détacher de l'emprise que tu lui avais laissé prendre sur toi.

Archimède sourit et se retourne vers Georges :
« Le contrepoison commence à faire son effet. Je te laisse continuer le travail ».
Georges reprend :
« Nous allons utiliser la même démarche mais cette fois il s'agit d'identifier des paroles, des actes de personnes de ton entourage professionnel qui ne te convenaient pas. Les plus intéressants sont ceux qui sont en contradiction avec certaines de tes normes ou de tes valeurs. L'idéal est que tu en aies été choquée.
Et, comme d'habitude tu identifies, tu hypertrophies, tu fixes et tu notes dans ton carnet.

La jeune femme se met au travail. Elle est manifestement plus à l'aise. Elle semble même prendre goût à l'exercice. Lorsqu'elle a terminé Georges reprend :

« Tu disposes maintenant de toute une palette d'enregistrements que tu peux mobiliser à ta convenance. Lorsque tu penses à nouveau à ton ancien travail fais immédiatement appel à celui qui sera le plus puissant pour neutraliser ton addiction.
Tu veux faire une pause avant de passer à l'étape suivante ? ».

« Oui, je crois que j'en ai besoin. C'est puissant mais ça secoue ! ».

« C'est sûr ! » intervient Archimède.
Il se tourne vers la jeune femme :
« Le moins que l'on puisse dire c'est que Georges ne fait pas dans la dentelle mais plutôt dans l'injection massive. Ceci dit, je pense que c'est une bonne chose, l'eau est vraiment

trop noire, trop sale et trop froide. Et de plus cela aurait été vraiment dommage de gâcher ton beau manteau ».

La jeune femme s'éloigne, marche le long du quai. Au bout de quelques instants elle revient vers les deux clochards et dit à Georges qu'elle est prête à continuer.

Ce dernier se tourne vers Archimède :
« Il ne me paraît pas inutile de vérifier s'il n'y aurait pas une autre source de sécrétion de toxines cachée quelque part dans cette charmante jeune personne ».
« Je partage ton point de vue et je pense que nous avons la même idée. Je te laisse vérifier auprès de notre charmante demoiselle avec le tact qui te caractérise ».
Georges, s'adressant à la jeune femme :
« Es-tu amoureuse de ton ancien patron ? ».
Archimède sourit :
« Je te reconnais bien là, Georges, finesse et délicatesse. Ceci dit je trouve la question très pertinente ».
La jeune femme est visiblement décontenancée.
Après un moment de silence elle répond :
« Non, je ne pense pas... Je ne sais pas... Peut-être un peu... ».
Puis elle se met doucement à pleurer.
Les deux clochards laissent passer un moment en silence puis Archimède murmure :
« Nous y voilà. Nous atteignons le cœur du problème. Georges, tu le savais dès le début ».
« Pas vraiment, mais j'ai vu que la décontamination de son activité lui était facile. J'en ai conclu logiquement que c'était une zone dont la perte lui était importante mais pas suffisante pour vouloir se jeter dans le fleuve. Archimède tu prends la relève ? ».

« Avec plaisir ».

La jeune femme a cessé de pleurer. Elle se tient assise, immobile, le regard dans le vague. Après un moment de silence elle s'adresse aux deux clochards d'une voix à peine perceptible :
« Je croyais que ma détresse venant surtout de la perte de mon travail et Je me rends compte maintenant que c'est surtout de ne plus le revoir. C'est cela dont j'ai le plus de mal à me défaire ».
Archimède sourit :
« Tu souhaites te défaire de ce lien ? ».
La jeune femme hésite, soupire, puis finit par dire :
« C'est dur, c'est un déchirement, mais je sais que je n'ai rien à attendre de son côté et qu'il faut que je m'en détache ».
« Bien, on y va ? ».
« OK, on y va » répond la jeune femme avec un sourire timide.
Archimède se lève d'un bond :
« Tout cela me rajeunit ! Tu vas voir, la démarche est la même :
Il s'agit pour toi de te remémorer en détail chaque défaut physique de la personne, même s'il te paraît insignifiant. Et n'oublie de noter chaque élément que tu as identifié ».
« Commençons par les cheveux. Y a-t-il dans leur couleur, leur texture, leur coupe un élément que tu ne trouves pas terrible, pas top comme on dit maintenant ?
Tu peux rechercher des éléments plutôt permanents ou te remémorer une situation particulière si, par exemple, il est sorti un jour de l'eau et que ses cheveux ressemblent à une méduse qui serait posée sur sa tête ».
Un sourire apparaît sur le visage de la jeune femme :

« C'est drôle que vous commenciez par ses cheveux : c'est un très bel homme, toujours très élégant et il fait une fixation sur sa coiffure : il lui consacre beaucoup de temps et d'attention. Il ne supporte pas qu'un coup de vent puisse le décoiffer. Je trouve cela un peu exagéré ».
« Excellent ! Maintenant tu vas hypertrophier, passer de exagéré à carrément ridicule. Regarde le passer son temps à rechercher son reflet dans tout ce qui peut refléter et à vérifier fébrilement que tous ses cheveux sont bien sagement coiffés. C'est pathétique !
Tu tiens l'image ? ».
« Oui, je l'ai » dit la jeune femme en souriant.
« Bien, fixe la, enregistre-la ».

Archimède aide la jeune femme à parcourir ainsi l'ensemble de l'anatomie de la personne. Elle sourit de plus en plus souvent.
Puis ils font de même avec les comportements de l'homme qui ont pu indisposer, voire choquer la jeune femme.

Lorsque l'exercice est terminé Archimède conclut :
« Maintenant tu as tout ce qu'il faut pour te débarrasser de ton addiction. Je te rappelle simplement que ce que tu vois ce n'est pas la personne mais une image déformée d'elle dont le seul but est de permettre à ton esprit de se détacher de l'emprise que tu lui avais laissé prendre sur toi ».

« Nous avons terminé la démarche de désintoxication. Il nous faut maintenant commencer la deuxième étape ».
« Il y a encore une étape ? ».
« Eh oui ! Il nous reste à gérer la tristesse et la colère que tu éprouves envers toi-même ».
« C'est-à-dire ? ».

« Tu m'arrêtes si je me trompe : tu sembles ne pas avoir une vision positive de toi-même ».

Après quelques secondes de silence la jeune femme répond :
« C'est vrai, je me sens souvent minable. Comment l'avez-vous deviné ? ».
« Ce n'est pas de la divination mais de la logique : lorsqu'une personne dans ta situation en vient à envisager sérieusement de se supprimer c'est que très probablement elle ne se juge plus digne de vivre ».
« Il s'agit donc de t'aider à restaurer une saine vision de ta valeur ».
« Cela risque d'être plus compliqué » dit la jeune femme avec un sourire amer.
Georges intervient :
« Ton sourire me confirme que cette étape est vraiment nécessaire. Archimède va t'aider : il maîtrise la puissance du verbe, et il a la capacité de mettre les bons mots où ils doivent être, à les faire vibrer et rayonner. Archimède, à toi de jouer ».

Ce dernier s'étire et se redresse.
« Georges, tu n'as pas de pitié pour ma vieille carcasse ! ».
Georges s'adresse à la jeune femme :
« Une vieille carcasse ! Si tu connaissais l'âge réel de Archimède tu serais étonné et tu trouverais qu'il a encore de beaux restes ».

Archimède reprend :
« Nous allons utiliser la démarche de la Coopération Positive. Comme tu vas le voir c'est également de la logique pure ».
« C'est quoi la coopération positive ? ».

« Pour qu'elle soit positive, la coopération doit être à la fois efficace, sûre, confortable et équitable. Par exemple, ton confort ne doit pas être au détriment de l'autre, sinon ce n'est pas équitable ».
« Cela me paraît logique ».
« Pour y parvenir il est nécessaire d'avoir de la considération et du respect pour l'autre. Pour cela tu dois d'abord restaurer la considération et le respect pour toi-même. En effet, comment peux-tu en avoir pour l'autre si tu n'en as pas pour toi ? ».
« C'est effectivement logique ».
« Reprenons ta situation actuelle : je pense que tu t'en veux de ne pas avoir réussi dans ton travail et de ne pas avoir su te détacher seule de cet homme. Tu peux même entendre une voix intérieure qui te dit que tu n'es vraiment pas terrible, voire franchement nulle ».
« C'est vrai ».
« De mon point de vue tu fais une confusion entre faire et être. C'est une erreur que font fréquemment les humains et c'est une cause première de leurs soucis.
Or, ce que tu fais n'est pas lié à ce que tu es. Au fait, qui es-tu ? ».
La jeune femme réfléchit quelques instants.
« Je suis chef de produit dans une agence de communication ».
« Cela, c'est ce que tu fais. Mais qui es-tu ? ».
« Je suis diplômée de l'Institut Supérieur d'Infographie ».
« Cela, c'est ce que tu as fait. Je te pose à nouveau la question : qui es-tu ? ».
La jeune femme est manifestement désorientée.
Archimède intervient :
« Je vais t'aider. Je te propose la réponse suivante : tu es, par essence digne de considération et de respect. Par essence

veut dire que c'est indépendant de ce que tu fais. Tu l'es, point final. Tu n'as pas besoin de le mériter. Et comme tu es un être humain, il a pu t'arriver de faire des actions qui ne sont pas dignes de ce que tu es. Dans ce cas, ce qui pose éventuellement problème c'est ce que tu as fait, non ce que tu es ».

« Je croyais que ce que nous sommes est défini par ce que nous faisons ».

« Ce n'est pas surprenant, comme je te l'ai dit c'est une confusion très répandue. Cela a donné, par exemple, je pense donc je suis : je pense est lié au verbe faire, je suis au verbe être.

Cette confusion est un piège car cela veut dire que tu dois en permanence mériter par ce que tu fais d'être digne de considération et de respect. C'est une quête épuisante illusoire et sans fin : chaque fois que tu fais une erreur tu risques de remettre en cause ta valeur, ce que tu es, d'en conclure que tu es nul et de basculer dans la culpabilité qui est une pathologie de la responsabilité ».

La jeune femme réfléchit un instant :

« Je vois bien le piège dans lequel je tombe régulièrement, mais comment faire pour l'éviter ? ».

« C'est très simple : adopte ma phrase : je suis par essence digne de considération et de respect ».

« D'accord. Et cela suffit ? ».

« Non » dit Archimède en souriant « ce n'est pas de la magie, une incantation ne suffit pas. Il faut cultiver cette phrase et la faire vivre au quotidien. Dans la démarche de la coopération positive il y a neuf suggestions pour restaurer et cultiver une image positive de soi.

Je te propose d'en expérimenter deux. Cela te convient ? »

« Oui, j'ai hâte de commencer ».

« Nous allons expérimenter la première et la neuvième. Voici la première suggestion, qui n'est que de la logique : puisque tu es digne de considération et de respect, traite-toi avec considération et avec respect ».
« Sage résolution ! On fait comment ? ».
« Deux voies que tu dois combiner : d'abord prend soin de ton véhicule ».
« Mon véhicule ? ».
« Ton organisme si tu préfères. Tu me parais avoir été plutôt bien lotie en la matière. La moindre des choses est d'en prendre soin.
De plus, tu dois te parler avec considération et avec respect. Quand tu te trompes, quand tu ne réussis pas, tu peux éprouver de la tristesse, de la colère. Cela me paraît légitime. Veille simplement à les appliquer à ce que tu as fait et à préserver ce que tu es.
Voici pour la première suggestion.
La suggestion suivante est : lorsque tu es face à un problème, un accident ou une maladie par exemple, cherche l'intention positive. Ce qui t'arrive est en fait un message pour t'alerter, pour t'aider à ajuster ton comportement.
Par exemple : comment peux-tu transformer les difficultés que tu rencontres en opportunité ».
La jeune femme reste silencieuse un instant. Elle est manifestement en train de s'imprégner des deux suggestions. Georges intervient :
« Avec la potion que tu viens de lui administrer, je pense que cette demoiselle a de quoi travailler ».
Archimède acquiesce et enchaîne en s'adressant à la jeune femme :
« Georges a raison. Il est important de te laisser le temps nécessaire pour digérer et pour expérimenter tout ce que tu

as découvert depuis que tu as pris tes distances avec le fleuve ».

« Je ne sais pas qui vous êtes et je suis stupéfaite de comment vous avez réussi à me faire sortir du guêpier dans lequel je m'étais engluée ! Comment pourrais-je vous remercier ? ».

Archimède conclut : « Nous verrons cela. Maintenant tu as du travail : lors de notre prochaine rencontre tu nous feras la liste de tout ce que tu auras fait pour prendre le plus grand soin de toi et comment tu es en train de transformer tous tes malheurs en opportunités ».
« Comment vais-je vous retrouver ? ».
« Nous nous reverrons au moment opportun ».

Les deux clochards s'éloignent ensemble. Juste avant de disparaître dans la nuit Archimède se retourne et fait un petit signe de la main à la jeune femme.

FIN

Note de l'auteur

La Coopération Positive permet de construire et de consolider une relation efficace, sûre, confortable et équitable avec vous-même et avec les autres. Si vous souhaitez en connaître en détail la démarche, je vous suggère le livre que l'ai écrit et qui porte ce titre. Il va être diffusé par les Editions Jouvence de Genève. Il sera publié au printemps 2019.
Pour être tenu informé n'hésitez pas à me contacter :
contact@jdz.fr

Le babet, l'avocate et la jeune Lady

Moi, je suis un babet. Dans le patois de chez nous un babet c'est un simple d'esprit. C'est ce qu'on dit quand on est gentil. On dit aussi que c'est un benêt quand il vous énerve. Pour moi ça a commencé tôt, à l'école. C'était dur de rester assis à écouter le maitre. Il était gentil, le maitre. Je voyais bien qu'il essayait de m'aider mais c'était vraiment difficile de rester à écouter avec les autres.

Un jour il a convoqué mes parents. Il leur a dit que j'étais un brave garçon mais qu'il fallait se rendre à l'évidence, que j'étais attardé.
Comme l'école était obligatoire, ils ont décidé de me garder en classe et de me laisser faire comme je pouvais.
J'ai passé tout mon temps à l'école au fond de la classe. Comme j'étais toujours sage le maitre me laissait tranquille. Je suis resté avec les petits. À la fin, sur les photos de fin d'année le maitre me mettait au fond, j'étais assis et les autres debout et je les dépassais quand même d'une tête.

Il faut dire que si mon cerveau était lent, j'ai été très vite grand et costaud.
Comme j'étais gentil, les autres élèves m'appelaient le gentil géant. Je les aidais quand ils n'arrivaient pas à ouvrir leur goûter. Une fois j'ai même aidé le maitre à décrocher une carte du monde qu'il n'arrivait pas à attraper.

Mes parents aussi étaient gentils. Au début, ils ont été tristes que je ne sois pas intelligent mais, eux aussi, ils se sont habitués.
À l'école j'ai quand même appris à lire. J'aime bien lire.

À la ferme j'aide comme je peux. Je suis toujours volontaire et je suis costaud.

Un jour, j'ai eu envie de me promener. J'ai descendu la petite route et j'ai découvert le pont.
Il est vieux. Il a deux arches, une petite pour un chemin et une grande pour la grande route.
La grande route a deux voies doubles, deux pour monter, deux pour descendre. Il y a toujours des voitures qui montent et qui descendent.
Je me suis mis à regarder les voitures. À force de les regarder j'ai commencé à les entendre. Certaines me parlaient. Il y en avait qui allaient bien et d'autres qui étaient en mauvais état. Elles me disaient où elles avaient mal. C'était de plus en plus précis. J'arrivais même à savoir quelle pièce fonctionnait mal et quand elle allait casser. Je la voyais.
Dès que j'avais fini mon travail à la ferme je descendais sur le pont.
Un jour j'ai dit au père que j'aimais bien les voitures.
Il a demandé à l'oncle Fernand de me prendre comme apprenti dans son garage.

L'oncle Fernand était gentil, pas causant mais gentil. Moi, cela me convenait vu que je préfère ne pas trop parler.
J'ai commencé par balayer l'atelier et par ranger. Comme j'ai une bonne mémoire, j'ai vite appris le nom des outils et des pièces et je les rangeais bien. Ensuite j'ai appris les travaux simples comme faire les vidanges et changer un pneu.

Un jour l'oncle Fernand était énervé. Cela faisait des heures qu'il était sur une voiture et qu'il ne trouvait pas la panne. Je le regardais faire et à un moment je lui ai dit : « c'est là » en lui montrant une pièce sur le moteur.
Il a eu l'air surpris et il n'a rien dit. Je suis retourné balayer. Au bout d'un moment j'ai entendu le moteur de la voiture qui tournait rond.
L'oncle Fernand est venu me voir et il m'a dit :
« Comment as-tu su pour la voiture ? ».
Je lui ai dit que je ne savais pas. Je n'ai pas osé lui dire que c'est la voiture qui m'avait dit.
Le lendemain il m'a demandé mon avis sur une autre voiture. Je lui ai montré une roue. Les jours suivants il a continué sur d'autres voitures. Chaque fois je lui montrais l'endroit.
Il m'a dit :
« Je ne sais pas comment tu fais mais tu es tombé juste à chaque fois. J'ai l'impression que tu as un don pour la mécanique. C'est quand même bizarre comment tu arrives à deviner.
Tu dois tenir cela de ta grand-mère, la Léonie. Elle était guérisseuse et dans le village on disait qu'elle était aussi un peu sorcière, mais personne n'aurait osé lui dire. C'est qu'elle n'était pas commode.
Pendant la guerre les Allemands sont venus à la ferme pour prendre un cochon. C'est la Léonie qui les a reçus, nous, on

était aux champs. Quand on est revenus ils étaient attablés à boire du baco. Léonie était en train de soigner un soldat qui avait une entorse à la cheville.
Elle lui a dit « c'est fait ».
En partant le chef lui a fait le salut militaire et lui a dit en Français « merci madame » et ils sont repartis sans le cochon.
À la libération un gars de la ville est venu avec une troupe en armes. Il lui a dit : « eh, la vielle, c'est toi Léonie, celle qui soigne les Boches ? ».
Elle l'a regardé des pieds à la tête et lui a répondu « tu reviendras quand tu auras appris à dire bonjour ». Elle s'est retournée et les a plantés là. Ils sont partis et on ne les a jamais revus.

Un jour la commune a construit une déchetterie près de chez nous. Je suis allé voir avec mon père. Il y avait des bacs pour trier ce que les gens jetaient. Sur un bac était écrit « Papiers ».
Dedans il y avait plein de journaux, de magazines et de livres. J'étais étonné que des gens jettent des livres.
Je suis revenu à la déchetterie. Le Marcel c'était l'employé. Je lui ai demandé si je pouvais regarder les livres. Il m'a dit : « Si tu veux, mon gars, si ça peut remplir les cases vides dans ta tête ». Il était d'accord pour que j'emporte des livres avec moi.
J'ai commencé à lire et j'ai appris beaucoup de choses.

À la ferme le père a décidé de prendre des animaux, quatre vaches et un cheval.
J'ai commencé à parler avec eux. C'était encore plus facile qu'avec les voitures.

Un jour le cheval s'est mis à ne plus manger. Il devenait maigre. Le père était inquiet et il a dit que si ça continue il va falloir l'abattre.
J'ai parlé au cheval. Il m'a dit que dans son écurie on avait mis une corde au mur. Il avait peur de la corde. Quand il était poulain il avait été attaché avec une corde et elle l'avait blessée.
J'ai enlevé la corde et le cheval s'est remis à manger.
Je l'ai expliqué au père. Il a eu l'air surpris, il n'a rien dit. Après, j'ai fait pareil avec plusieurs de nos bêtes puis avec celles de nos voisins.
Je parlais à toutes sortes d'animaux : des chiens, des chats, des chevaux, des vaches, des moutons, des chèvres, des poules et même une fois une perruche.
Ensuite, j'ai vu venir des personnes que je ne connaissais pas et qui avaient entendu parler de moi.
Un jour, un monsieur est venu. Il avait l'air triste et inquiet. Il m'a expliqué que sa jument était loin, en Normandie, qu'elle était très faible, qu'elle ne mangeait plus depuis plusieurs jours. Il avait amené une photographie de la jument et il m'a demandé si je pouvais faire quelque chose. J'ai dit que je ne savais pas et que je pouvais essayer. J'ai demandé à la jument si elle était d'accord pour me parler. Elle a accepté. Elle m'a expliqué le problème et j'ai dit à son propriétaire ce qu'elle demandait.
Il est revenu trois jours après et il m'a dit qu'elle avait recommencé à manger. Il était très content, moi aussi. Depuis ce jour j'ai souvent utilisé des photographies, même pour des personnes que je ne rencontrais pas et qui me les envoyaient par la poste.

Un jour, un courrier est arrivé à la ferme. J'étais convoqué au tribunal pour exercice illégal de la médecine vétérinaire.

Code rural et de la pêche maritime, livre II : Alimentation, santé publique vétérinaire et protection des végétaux, titre IV : L'exercice de la médecine et de la chirurgie des animaux,
Dispositions relatives à l'exercice illégal de la médecine et de la chirurgie des animaux
Article L243-1, article L243-2, article L243-3, article L243-4, article L243-1

1. Pour l'application du présent chapitre, on entend par :
-" Acte de médecine des animaux " : tout acte ayant pour objet de déterminer l'état physiologique d'un animal ou d'un groupe d'animaux ou son état de santé, de diagnostiquer une maladie, y compris comportementale, une blessure, une douleur, une malformation, de les prévenir ou les traiter, de prescrire des médicaments ou de les administrer par voie parentérale ;
2. Sous réserve des dispositions des articles L. 243-2 et L. 243-3, exercent illégalement la médecine des animaux : toute personne qui ne remplit pas les conditions prévues à l'article L. 241-1 et qui, même en présence d'un vétérinaire, pratique à titre habituel des actes de médecine ou de chirurgie des animaux définis au 1 ou, en matière médicale ou chirurgicale, donne des consultations, établit des diagnostics ou des expertises, rédige des ordonnances, délivre des prescriptions ou certificats, ou procède à des implantations sous-cutanées.

Dans le bureau de Maître Hadjib, avocate à la cour :

Enfin une affaire qui sort de la routine. Je commençais à avoir fait le tour des vols à l'étalage et des coups et blessures entre conjoints. Je sais que c'est le lot des jeunes avocats de commencer par ce type de dossier. De plus, étant une femme, jeune, d'origine Maghrébine et installé en zone rurale j'accumule les handicaps.

Mon client est plutôt sympathique : un grand costaud avec un sourire d'enfant. Cela me change des contacts glauques dont j'ai l'habitude.
Eu égard au fait que le délit reste mineur le tribunal correctionnel statue à juge unique.
Le juge n'est pas vraiment un joyeux drille, mais il a la réputation d'être un homme intègre.

À l'appui de sa plainte, la partie adverse a produit des documents écrits de la main de mon client. Ce sont plusieurs comptes rendus de séances faites sur photographies d'animaux.
Lorsque mon client a lu les documents il n'a pas eu l'air surpris, il a même eu un sourire.
« Il y en a deux autres qui auraient pu être présentés ».
« Que voulez-vous dire ? ».
« Je me rappelle ces trois animaux. Quand ils m'ont parlé ils m'ont dit de faire attention, qu'il y avait un piège ».
« Vous voulez dire qu'ils savaient que les écrits que vous alliez envoyer seraient utilisés contre vous ? ».
« Ce n'était pas aussi précis mais ils avaient bien senti qu'il y avait un danger pour moi ».
« Et vous l'avez fait quand même ? ».
Il paraît surpris de ma question :
« Oui, chaque animal avait des choses importantes à dire ».

Il m'a expliqué comment il fonctionne. Je lui ai demandé si nous pouvions trouver une autre façon de présenter la réalité moins impliquant pour lui.
Il a eu l'air surpris : manifestement il ne comprenait pas ma demande. Il m'a répondu :
« Je vous ai dit comment je fais. Je ne vois pas ce que je pourrais changer ».
Nous sommes donc restés à sa version première.

Mes arguments pour démonter la thèse de la partie adverse étaient au nombre de cinq :

1. *Mon client n'intervient qu'à la demande expresse du propriétaire de l'animal,*
2. *Il n'a en aucun cas de contact physique avec l'animal,*
3. *Il ne fait aucune prescription de quelque nature qu'elle soit,*
4. *Il n'a jamais conseillé à un propriétaire de modifier ou d'interrompre un traitement prescrit par un vétérinaire,*
5. *Il se contente de répéter les propos que l'animal lui a tenus.*

J'avoue que ce dernier point me laisse perplexe mais mon client a insisté pour que je le présente ainsi au juge. C'est ce que j'ai fait après avoir détaillé le profil de l'accusé. J'ai particulièrement insisté sur ses difficultés scolaires et sur sa vie en milieu rural. Je ne voulais pas explicitement le qualifier d'attardé, de babet comme il le dit lui-même, mais si le juge voit en lui un simple d'esprit sans malice cela ne peut qu'être favorable. C'est ce que j'ai fait.

Lorsque j'ai terminé ma plaidoirie le juge a pris la parole :
« Maitre, je vous remercie pour votre exposé structuré et argumenté. Il paraît clair que nous ne pouvons retenir la

charge d'exercice illégal de médecine animale puisqu'elle n'est pas caractérisée. La pratique de votre client entre plutôt dans le cadre de l'éducation du maitre et du dressage de l'animal.
Il reste cependant un point que je dois éclaircir : lorsqu'il prétend que les animaux lui parlent, est-ce une affabulation qui pourrait être assimilée à une tromperie ou est-ce la réalité ? ».
J'ai été décontenancée par cette question et je suis restée silencieuse, ne sachant quoi répondre.
Mon client a levé timidement la main, comme un élève à l'école.
Le juge s'est tourné vers lui et a demandé :
« Souhaitez-vous apporter des éléments de réponse à mon interrogation ? ».
« Oui Monsieur le juge ».
Il s'est tourné vers moi et m'a demandé : « je peux ? ».
J'ai acquiescé d'un signe de la tête, ne sachant toujours pas que faire.
« Peut-être ce serait bien de faire devant vous ».
« Vous voulez dire faire une démonstration au tribunal ? ».
« Oui, si vous voulez ».
Manifestement le juge est surpris et amusé de cette proposition.
« De quoi avez-vous besoin ? ».
« D'une photographie récente d'un animal, de son nom, de l'accord de son propriétaire et du problème qui a été constaté ».
« C'est entendu, je suspends la séance. Elle reprendra cet après-midi à 14 heures et nous débuterons par votre démonstration ».

La salle d'audience se vide. Je demande à mon client ce qu'il compte faire d'ici 14 heures Il me montre un vieux sac en toile à son côté :
« J'ai à manger. Je pense m'installer sur un banc dehors, dans le parc et attendre l'heure » me répond-il avec son large sourire habituel.
« Très bien, je vous rejoindrai un peu avant ».
À 13 h 45 je le retrouve allongé dans l'herbe, la tête sur son sac, en train de dormir paisiblement.
Comme s'il avait senti que je le regardais, il ouvre les yeux et me gratifie de son sourire d'enfant.
Il commence à m'agacer avec son sourire et sa décontraction, moi qui vire à la boule de nerfs. J'ai envie de lui mettre la pression, juste pour qu'il mesure bien les enjeux :
« Vous savez que vous risquez trois ans de prison ferme et 30 000 € d'amende ? ».
« Ce serait dommage » me dit-il en souriant à nouveau.
« Comment comptez-vous vous y prendre ? ».
« Je pense que je vais essayer de faire au mieux. Je vous remercie d'avoir fait le plus dur puisque le juge a compris que je ne fais pas de médecine vétérinaire. Je crois que vous pouvez vous détendre et que tout va bien se passer ».
Je suis stupéfaite de son calme. Est-ce de la candeur naïve ou une réelle assurance ? C'est un mystère.
L'heure de la reprise de l'audience approche, nous regagnons nos places.

Le juge s'installe. Il se tourne vers mon client.
« Alors, jeune homme, vous êtes prêt à nous faire une démonstration de vos talents ? ».
« Je ne pense pas, Monsieur le juge, par contre, si vous me donnez ce dont j'ai besoin je vous dirai ce que l'animal me dira, cela, je peux le faire ».

Le juge sourit de cette mise au point.
Il sort une enveloppe et la tend au greffier. Ce dernier la remet à mon client qui l'ouvre. Il en sort une photographie. En me penchant par-dessus son épaule je vois qu'il s'agit d'un chat adulte plutôt gros et en bonne santé.
Le juge reprend :
« Ce chat s'appelle Prince. Depuis quelque temps il s'est mis à marquer son territoire. Il parsème le lieu dans lequel il vit de gouttes d'urine odorantes et peu hygiéniques. Vous avez l'autorisation de son propriétaire pour parler avec lui, comme vous le dites ».
« Merci Monsieur le juge. Pouvez-vous me dire si j'ai également l'autorisation de dire publiquement ce que Prince m'aura dit ? ».
Le juge hésite quelques secondes :
« Oui, vous avez l'autorisation. Je vous demande également d'expliquer à la Cour ce que vous faites à chaque étape de votre démarche ».
« Avec plaisir ».
Mon client se concentre sur la photographie.
Au bout d'un instant son fameux sourire d'enfant apparaît sur son visage.
« Prince vient de me donner son accord pour parler avec moi ».
« Il arrive que ce ne soit pas le cas ? » demande le juge.
« C'est rare mais cela arrive ».
« Dans ce cas que faites-vous ? ».
« J'arrête ».
Un frisson glacé me parcourt. Je suis sûre que mon client ne se rend même pas compte que nous venons de frôler la catastrophe.

« *Parfois il est d'accord pour me parler mais il veut que je garde pour moi notre conversation. Prince est d'accord pour que je vous dise* ».
Deuxième frisson glacé ! Maintenant je n'ai plus de doute : il est vraiment benêt ! Et en plus il va me rendre cardiaque ».

Mon client se concentre à nouveau sur la photographie.
Le temps passe. On pourrait entendre une mouche voler.
Par instants mon client sourit, hoche la tête, murmure, écoute.
Au bout d'un temps qui me paraît une éternité il dit :
« *C'est fait* ».
« *Alors* » *lui demande le juge avec une pointe d'impatience dans la voix,* « *que vous a dit cet animal ?* ».
Mon client regarde à nouveau la photographie :
« *C'est un chat plutôt tranquille. Il va bien. Il a une grande maison, un grand jardin et un fauteuil qu'il aime bien* ».
Puis, levant les yeux vers le juge il ajoute :
« *Depuis quelque temps un chat roux vient dans le jardin. Vous l'avez nourri plusieurs fois. Votre chat ne sait pas si vous voulez qu'il reste. S'il ne reste pas votre chat va simplement l'éviter dans le jardin : chacun s'ignore et s'évite. S'il reste, votre chat devra instaurer une hiérarchie avec le nouveau. Il se fait confiance pour cela. Il vous demande d'être clair dans vos intentions. En attendant, comme il ne sait pas ce que vous voulez, par précaution il marque son territoire* ».

Au fur et à mesure que mon client s'exprime je vois la physionomie du juge passer de l'étonnement à la stupeur puis à une forme d'admiration.
Après un instant de silence il dit :

« Jeune homme, je ne sais pas comment vous faites mais je me dois d'attester de la véracité et de l'exactitude de vos propos. Une mise en délibéré du jugement me paraît inutile. Vous êtes acquitté de l'ensemble des charges à votre encontre ».
Visiblement ému, le juge ajoute :
« À titre personnel je vous remercie et je ne saurais trop conseiller aux plaignants de se rapprocher de vous, il semble que vous puissiez leur être d'une aide précieuse. La séance est levée ».

Après le procès la vie a repris son cours normal, ce qui est un soulagement pour le jeune homme. Les débats et sa démonstration sont passés au-dessous du radar médiatique. Il y a eu un simple entrefilet dans le journal local grâce au fait que le journaliste en charge de la rubrique judiciaire était alors en congés. Le pigiste de remplacement a fait le service minimum.
Le temps du jeune homme se répartit entre le travail à la ferme, les conversations avec les animaux que diverses personnes lui proposent et des apparitions au garage. Le Fernand ne le sollicite plus que pour des cas où il ne parvient pas à trouver la panne.

Il est aux champs. Il revient du pâturage des vaches. Sur le chemin il voit s'avancer deux jeunes femmes à pied, chacune tenant par la bride un magnifique cheval.
L'une d'elles s'adresse à lui dans un Français approximatif :
« Nous problème cheval. Vous savoir où nous pouvons aller pour soigner le cheval ? ».
« Vous êtes Anglaises ? » lui demande-t-il en Anglais.

« Oui. Vous parlez Anglais ? » demande-t-elle surprise qu'un paysan au fin fond de la France s'exprime dans la langue de Shakespeare.
« Oui, un peu ».
Soulagée, elle lui explique qu'elle s'appelle Claire et qu'elle fait une randonnée avec son amie Élisabeth. Depuis quelques heures son cheval s'est mis à boiter. Elle ne comprend pas d'où vient le problème. Elles cherchent un lieu où il pourra se reposer et un vétérinaire qui examinera son cheval.
« Suivez-moi » lui dit le jeune homme.
Il les conduit jusque dans la cour de la ferme où ils mettent les chevaux à l'attache. Puis il ôte les selles avec l'aide des deux jeunes femmes.
« Comment s'appelle votre cheval ? ».
« C'est Galahad. C'est un pur-sang Anglais de huit ans ».
« Lui aussi est Anglais » constate le jeune homme en souriant. *« Je peux regarder ? ».*
La jeune femme est un peu surprise de cette demande. Elle aurait préféré qu'il soit examiné par un vétérinaire mais devant la gentillesse du jeune homme elle n'ose pas refuser.

Il s'approche de Galahad et reste immobile.
« Vous faites quoi ? ».
« Je parle avec lui ».
Surprise, la jeune femme ne répond pas.
Au bon d'un instant le jeune homme lui dit :
« Votre cheval m'a expliqué que le fer de son pied avant droit est trop petit, cela le gêne pour marcher. Il a essayé de marcher en s'appuyant plus sur le côté gauche mais il n'y arrive plus. Maintenant cela lui fait mal dans le dos ».
Après un moment de réflexion Claire lui répond :
« J'ai vu que depuis ce matin il ne marche pas comme d'habitude et je me rends compte qu'il avait effectivement

tendance à s'appuyer sur son côté gauche. Comment avez-vous deviné ? Vous ne l'avez même pas examiné ».
Le jeune homme lui répond en souriant :
« Je vous expliquerai. Mais d'abord, si vous voulez j'appelle le Maréchal-Ferrant ».
« D'accord ».

Le jeune homme entre dans la ferme. Il revient au bout de quelques instants :
« Le Maréchal arrive dans une heure. En attendant je vais mettre vos chevaux à l'écurie et leur donner à boire et à manger ».
C'est ce qu'il fait avec l'aide des deux jeunes femmes. Puis, il les installe dans la cuisine et leur sert un rafraîchissement.
Claire examine les lieux.
« C'est rustique, charmant et très propre » pense-t-elle.
« Maintenant vous pouvez me dire comment vous avez fait ? ».
« Je parle aux animaux. Galahad m'a dit son problème ».
Surprise, Claire lui demande : « d'où vous vient ce don ? ».
« Je ne sais pas. Il paraît que cela vient de ma grand-mère Léonie ».

À cet instant ils entendent une voiture entrer dans la cour. Ils sortent. Un homme descend d'une camionnette. C'est un colosse. Il a la cinquantaine, barbe et cheveux gris.
« Salut garçon. Alors, tu as encore causé avec un cheval ? » dit-il avec un large sourire.
« Oui. Je vous présente Claire et Élisabeth, deux dames Anglaises en promenade à cheval ».
L'homme les salue d'un geste de la tête.
« C'est Monsieur Amédée, notre Maréchal-Ferrant ».

Les jeunes femmes lui rendent son salut.
« *Fais voir le malade* ».
Le jeune homme sort Galahad de l'écurie et le met à l'attache dans la cour.
« *Tu en dis quoi ?* » *demande le Maréchal.*
« *Regardez son pied avant droit* ».
Le Maréchal se penche sur le cheval, soulève son pied droit, puis le gauche. Il se redresse :
« *Qui a fait ce travail de sagouin ?* » *s'exclame-t-il.*
Le jeune homme traduit la question à Claire. Ne sachant comment on dit sagouin en Anglais il utilise un mot plus simple et plus neutre.
« *Avant-hier Galahad a perdu son fer. Un maréchal est venu et lui en a posé un autre* ».
Le jeune homme traduit la réponse au Maréchal.
Ce dernier s'exclame :
« *Ton gars il ferait mieux de changer de métier ! Tu vas voir* ».
Il sort ses outils de sa camionnette et, en quelques secondes il ôte le fer. Puis il lève le pied gauche de Galahad et pose le fer droit sur le gauche.
« *Regarde ! Tu vois, la branche du fer droit est plus étroite. En plus le quartier est plus pincé à l'arrière. C'est comme si tu chausses du 42 et que tu pars en randonnée avec un escarpin en 39, tu n'iras pas loin. Heureusement que la jeune dame n'a pas insisté, elle aurait pu complètement déglinguer cette pauvre bête* ».
Claire se penche sur le pied de Galahad et le jeune homme lui traduit l'explication du Maréchal.
« *Que faut-il faire ?* » *demande-t-elle.*
Après traduction le Maréchal lui répond :
« *Je vais poser le bon fer. Laissez-le au repos ce matin, cet après-midi allez le faire marcher en main une heure ou deux,*

puis une bonne nuit au calme. Demain vous pourrez tranquillement reprendre votre voyage. Faites des étapes courtes pendant un ou deux jours et tout va rentrer dans l'ordre ».
Le Maréchal pose le nouveau fer et se fait payer le travail. Au moment de monter dans sa camionnette il dit à Claire :
« Vous avez eu de la chance de tomber sur le Louis ».
Puis, s'adressant au jeune homme :
« Salut, sorcier ! » dit-il avec un sourire franc et bienveillant « à la prochaine ».

Les jeunes gens ramènent Galahad à l'écurie puis se retrouvent dans la cuisine de la ferme.
« Vous vous appelez Louis ? ».
« Oui ».
« Comment avez-vous appris à parler Anglais ? ».
Avec des mots simples Louis lui raconte la déchetterie, le bac à papiers : un jour il y a trouvé un dictionnaire Français / Anglais et tout un lot de cahiers et de livres scolaires de cours d'Anglais. Il les a emportés et s'est amusé à apprendre.
« Je trouve cette langue plus facile que le Français et j'ai plutôt une bonne mémoire ».
« Et comment avez-vous appris à parler ? Vous avez un accent très British » dit-elle en souriant.
« Un jour, à la déchetterie, un monsieur a apporté un vieux poste de radio. Il a dit qu'il fonctionnait mais que sa femme le trouvait encombrant. Je l'ai emporté. Avec lui je capte la BBC. Ils ont des émissions intéressantes pour apprendre l'anglais ».
Claire est surprise du naturel et de la simplicité de ce jeune homme.
Elle l'observe pendant qu'il parle à sa mère :

« Il est plutôt beau garçon, un peu rural mais son sourire est vraiment charmant. Cela me change des jeunes aristocrates que je côtoie habituellement » pense-t-elle.
Elle se demande comment elles vont passer la nuit.

Louis revient et, comme s'il avait deviné les interrogations de Claire, il lui dit :
« J'ai parlé avec ma mère. Nous pensons que ce serait bien que vous restiez dormir à la ferme. Je peux vous laisser ma chambre. Vous pouvez y dormir avec votre amie et je m'occuperai des chevaux ».
« Et vous, où allez-vous dormir ? ».
« Je vais m'installer dans l'écurie, je vais souvent dormir avec les animaux, j'aime bien ».
« Vous êtes sûr que cela ne vous dérange pas ? ».
« Cela me fait plaisir ».
Claire se concerte avec Élisabeth :
« C'est vraiment aimable de votre part, nous acceptons ».
Au dîner, simple, copieux et délicieux, le père explique la ferme.
Claire s'adresse à Louis :
« Je suis vraiment très curieuse de votre rapport avec les animaux ».
Le père dit à Louis « parle-lui des poules ».
Louis hésite une seconde et dit :
« C'est un voisin, il a huit poules, des rousses, bonnes pondeuses. Un jour il vient et me dit que depuis la veille elles sont agitées, inquiètes et qu'elles ne pondent plus. Il ne comprend pas ce qui leur arrive. Je vais voir. Quand c'est un groupe ou un troupeau je m'approche et j'attends. Il y a toujours un animal qui vient me voir. C'est le porte-parole du groupe. Au bout d'un moment une poule vient me voir. Elle me dit que c'est le renard. Je demande au voisin ce qu'il en

pense. Il me dit qu'avec les deux gros chiens Beauceron qui veillent sur la ferme aucun renard n'osera s'approcher.
Je continue à parler avec la poule et je finis par comprendre le problème : le voisin met de la paille dans le poulailler. Les poules s'en servent pour se faire des nids où elles pondent. La veille il avait utilisé une nouvelle botte. Un renard avait dû uriner sur la botte. C'est son odeur qui faisait peur aux poules. Nous avons nettoyé le poulailler et changer la paille avec une nouvelle botte. Les poules se sont calmées et ont recommencé à pondre, voilà, c'est simple ».
« Ce n'est pas simple, c'est extraordinaire ! » s'exclame Claire.
Louis sourit en rougissant.
« Bon, il est temps d'aller dormir. Louis, accompagne ces jeunes dames à leur chambre » dit le père.

Le lendemain matin, lorsque Claire et Élisabeth descendent dans la cuisine pour le petit-déjeuner elles trouvent Louis qui les attend.
« Vous vous levez en même temps que nous ? » demande Claire.
« Eh, non. Je me suis levé avant. J'ai donné à manger à vos chevaux. J'ai fait marcher Galahad, il ne boite plus, vous allez pouvoir reprendre la route ».
Au moment de leur départ Louis intervient.
« Ne parlez pas d'argent pour nous, cela fâcherait ma mère, cela ne se fait pas quand on rend service ».
Claire ne peut s'empêcher de se demander comment il avait deviné qu'elle était justement en train de réfléchir à un moyen de les remercier.
Après un instant de silence elle dit :

« C'est d'accord. Cependant, chez nous, quand une personne nous a aidées avec une telle gentillesse, nous cherchons le moyen de la remercier. Êtes-vous déjà allé en Angleterre ? ».
Louis surpris lui répond :
« Non, je n'ai jamais quitté le canton ».
« J'ai discuté avec Élisabeth, nous souhaitons vous inviter à passer quelques jours chez nous. Cela nous ferait un grand plaisir. Je connais également des personnes qui seraient très intéressées par votre approche des animaux ».
« Eh, pourquoi pas ? » dit Louis, manifestement surpris par cette proposition.
« Bien » s'exclame Claire, ravie. « Je vous recontacte dès que nous serons rentrées ».
Elles montent à cheval. Claire se retourne.
« À bientôt » dit-elle avec un grand sourire.
« À bientôt » répond Louis.
Il les voit s'éloigner lentement dans le chemin.
« C'est vraiment une belle personne » pense-t-il, songeur.

La vie reprend son cours normal... Ou presque.
Louis se surprend à penser souvent à Claire, à écouter plus régulièrement la BBC. Il se demande à quoi ressemble l'Angleterre, son Angleterre à elle.

Dix jours après le départ des deux jeunes femmes Louis reçoit un courrier. L'expéditeur :
Claire Seymour
Highlore Manor, Langley Park
Windsor, Berkshire,
England

Il l'ouvre d'une main un peu tremblante.
Claire le remercie à nouveau pour elle et pour Galahad qui se porte bien, lui dit qu'elle pense souvent à lui et qu'elle l'invite à passer une semaine chez elle. Elle joint un planning des horaires d'avion jusqu'à Londres.
Louis doit simplement lui indiquer le vol qu'il choisit. Elle l'attendra à l'aéroport et après, elle s'occupera de tout.

Il en parle à la mère et au père. Ce dernier lui dit :
« Vas-y mon gars. Il est temps pour toi d'aller voir le monde. D'ici deux semaines nous aurons terminé les moissons et le cousin Jacques peut m'aider s'il le faut ».
La mère acquiesce d'un mouvement de tête.

Claire pénètre dans le hall Arrivées Vols Internationaux de l'aéroport de Heathrow.
Elle voit immédiatement Louis. Sa grande silhouette assise sur une banquette, une valise posée à son côté. Il est de dos. Il ne l'a pas vue. Elle reste quelques secondes à le contempler : il est tranquillement adossé à la banquette et semble apprécier le spectacle bigarré qu'offre l'aéroport à cette heure d'affluence.
Elle sourit de le voir si paisible dans cet environnement tellement différent de celui de la ferme. Son pouls s'est accéléré, elle se sent émue au-delà de ce qu'elle escomptait. Elle s'approche.
« Louis ! ».
Il se retourne, se lève d'un bond avec un sourire radieux et, sans réfléchir, il la prend par les épaules et lui colle deux baisers retentissants sur les joues.
Il se recule, visiblement ému de son geste.

« *Désolé, j'en avais envie* » murmure-t-il en rougissant.
« *Moi aussi* ». Elle se sent attendrie par l'émotion de ce grand gaillard.
Ils sortent de l'aéroport et montent dans la voiture de Claire, une Austin Mini.
« *Bienvenue en Angleterre et bienvenue dans la plus Britannique des voitures* » s'exclame-t-elle dans un éclat de rire.
« *Où allons-nous ?* ».
« *Chez moi* ».
Pendant le trajet il lui raconte son voyage, tout nouveau et très agréable.
Après vingt minutes de route la voiture s'arrête devant d'imposantes grilles. Un coup de klaxon et les grilles s'ouvrent.
La voiture emprunte un chemin qui serpente dans une magnifique et immense propriété aux arbres majestueux et aux pelouses impeccablement entretenues. Ils longent un pré clôturé de barrières blanches dans lequel des chevaux broutent tranquillement. Louis reconnaît Galahad.
« *Salut, vieux frère, comment vas-tu ?* ».
« *Il se porte à merveille* » lui répond Claire.
La voiture s'arrête devant le perron d'une demeure qui est à la hauteur de la majesté du parc.
« *Bienvenue à Highlore Manor* » s'exclame Claire.
Un homme s'approche, la soixantaine digne, vêtu d'une redingote, d'un pantalon et de chaussures noires, d'un gilet gris, d'une chemise et de gants blancs et d'une cravate bordeaux.
« *Louis, je te présente James, notre majordome. Il m'a nourrie, élevée et éduquée. Il va s'occuper de t'installer confortablement. James, voici Louis, notre hôte Français* ».

À la surprise et à la confusion de James, Louis s'avance vers lui et lui serre chaleureusement la main.
Claire retient avec peine un fou rire naissant.
Précédés par James ils pénètrent dans la demeure et s'installent dans le salon.
« Cette maison est vraiment magnifique » murmure Louis.
Claire se contente d'un sourire :
« Nous serons seuls dans cette grande baraque, mes parents sont dans notre résidence de bord de mer à Southampton et mon frère Christopher est quelque part en Italie.
Ce soir je t'emmène dans le monde. Tu vas côtoyer un échantillon de ce que nous appelons la Gentry. Tu vas voir, cela tient de la basse-cour, avec poules, coqs, dindes et plein d'animaux que je te laisserai découvrir ».

Claire contemple Louis et se rend compte soudain qu'elle a oublié qu'il n'aurait certainement pas la tenue appropriée pour ce genre d'évènement.
Il est habillé d'un pantalon en toile bleue, d'une chemise blanche et d'un pull également bleu. Le tout est simple, classique et de bon goût, parfait pour voyager mais loin des standards d'un habit de soirée.
« Il va falloir te trouver une tenue pour ce soir » murmure-t-elle visiblement un peu embarrassée.
James intervient : « Si Mademoiselle Claire me le permet et si Monsieur Louis le veut bien, je me propose de régler ce petit détail ».
« Comment allez-vous faire ? » demande Claire.
« Je pense trouver dans la garde-robe de Monsieur Christopher tout ce dont nous aurons besoin ». Tout en disant cela James tourne autour de Louis en l'examinant.
Il dit, semblant se parler à lui-même : « la chemise et la veste, bien. Le pantalon, peut-être une petite retouche sera

nécessaire. Les chaussures une pointure trop grande, des semelles feront l'affaire ».
« Excellent ! » s'exclame Claire. « Tu vois, Louis, James a avec les humains le même don que toi avec les animaux : en quelques secondes il sait tout de tes mensurations. Il connaît également ton caractère, tes forces et tes faiblesses. Rien n'échappe à James. Il m'a souvent aidé à faire le tri dans mes relations ».
« J'espère qu'il ne va pas me faire jeter à la porte » dit Louis dans un sourire.
« Si Monsieur veut bien me suivre » répond James en se dirigeant vers la porte.

Une heure plus tard Claire est en train de lire dans le salon. Une porte s'ouvre. Elle se retourne et contemple Louis, stupéfaite. Il porte une tenue de soirée de son frère :
« Il est vraiment très beau » songe-t-elle. « Il a comme une grâce, une distinction naturelle. On dirait que mon petit paysan Français à toujours porté l'habit ».
« Magnifique ! » s'exclame-t-elle. « James, vous êtes un magicien ! ».
« Un gentleman est toujours facile à habiller » répond James avec un sourire entendu.
« Comment te sens-tu ? » demande Claire à Louis.
« Beau ! » lui répond-il avec un large sourire. « Ces vêtements sont superbes et très agréables à porter ».
Claire est à nouveau surprise de ce mélange de franchise, de candeur et de simplicité.

Les deux jeunes gens pénètrent dans un hall immense illuminé par de magnifiques lustres et chandeliers.

Des hommes en costumes et des femmes en robes de soirée forment des groupes mouvants.
Claire saisit d'autorité le bras de Louis et s'avance dans le hall.
De nombreux regards se tournent vers eux. Claire est manifestement très connue et appréciée dans ce milieu. Elle s'approche d'un premier groupe et fait les présentations :
« Lady... Lord... Lady... Lord... ». Louis se perd rapidement dans les noms à particule.
« Il semble que je sois au cœur de l'aristocratie Britannique » pense-t-il avec un sourire intérieur.
Claire le présente comme son ami Français.
Il perçoit quelques regards curieux.
Elle continue à faire le tour des groupes de convives.
Louis se tient légèrement en retrait et observe la scène. Ce sont, chaque fois, des exclamations de joie et des gestes de bienvenue à la vue de Claire.
Louis la contemple. Elle est moulée dans une robe fourreau bleu nuit, fluide, simple et élégante, juste rehaussée d'un collier de perles. Ses cheveux sont relevés sur sa nuque. Louis admire ce profil gracieux.
Elle se retourne vers lui et lui adresse un sourire radieux.
À cet instant une voix se fait entendre dans le dos de Louis.
« Si je ne me trompe pas, j'ai le privilège de contempler la ravissante Lady Claire Seymour ! ».
La voix forte et ironique détonne dans l'ambiance feutrée et bien éduquée des conversations.
Louis se retourne.
Il est face à un jeune homme d'une vingtaine d'années, plutôt petit et mince. Il arbore une mine lasse et désabusée. Il fixe Louis d'un air narquois.
Claire s'approche vivement de Louis et dit :

« *Je te présente le jeune Lors Mortimer. Lord Mortimer, voici Louis, mon ami Français* ».
Le jeune homme le salut d'un léger mouvement de la tête.
« *Je vous souhaite la bienvenue dans la bonne société Londonienne* » dit-il d'un ton toujours aussi ironique.
Puis, s'adressant à Claire d'une voix assez forte pour être entendue à la cantonade :
« *Je vois que vous avez conservé l'habitude de ramener de vos voyages des souvenirs pour le moins exotiques* ». Le ton de sa voix est nettement provocant.
Claire se tourne vers Louis, craignant une réaction de sa part.
Ce dernier semble perdu dans ses pensées. Au bout de quelques secondes il s'adresse au jeune homme et lui dit d'une voix douce :
« *J'ai un message pour vous* ». Il fait quelques pas en direction de la terrasse.
Surpris et déconcerté par cette réaction, le jeune homme le suit machinalement.
Claire les voit s'éloigner. Elle ne les quitte pas des yeux, anxieuse de la suite des évènements.
Sur la terrasse elle voit Louis se pencher légèrement sur le jeune homme et lui parle doucement.
L'expression de ce dernier évolue du mépris à la surprise. Louis lui parle à nouveau. Soudain le jeune homme penche la tête. Il semble fortement ému.
D'un geste très doux, Louis met la main sur son épaule et lui adresse un large sourire. Ils restent immobiles un instant puis Louis vient tranquillement rejoindre le groupe d'invités.
Claire lui lance un regard interrogateur.
Louis ne réagit pas, se met à nouveau légèrement en retrait et laisse la conversation reprendre entre les convives.

La soirée continue dans une ambiance feutrée et élégante, animée par le ballet bien réglé des serveurs discrets et stylés qui promènent avec grâce des plateaux chargés de rafraîchissements entre les groupes d'invités.

Après un long moment le jeune Lord Mortimer réapparaît. Il se dirige vers Claire et Louis.
Il s'adresse à Claire, visiblement ému :
« Claire, je vous prie de bien vouloir m'excuser pour les propos déplacés que j'ai tenus ».
Se tournant vers Louis :
« Cette fois, Je vous souhaite réellement la bienvenue parmi nous et je vous remercie sincèrement pour le message ».
Louis lui tend la main que le jeune Mortimer serre chaleureusement et dit :
« Alexander, je vous souhaite également la bienvenue ».
Ce dernier sourit, les salue et s'éloigne.

Sur le chemin du retour, dans la voiture, Claire n'y tient plus :
« Que s'est-il passé avec Alexander ? Que lui as-tu dit ? En quelques secondes il a eu l'air complètement transformé. Il a paru soulagé, voire heureux. Je ne l'ai jamais vu ainsi ! Serais-tu réellement un sorcier ? ».
Louis sourit et lui répond doucement :
« Dès que je l'ai vu, j'ai entendu une voix : une dame me disait que, même si elle ne l'avait pas souvent montré, elle l'avait toujours aimé et qu'elle l'aimerait toujours. Elle m'a demandé de lui transmettre ce message, ce que j'ai fait ».
« Qui est cette dame ? Sa mère ? ».
Louis sourit à nouveau et ne répond pas.

« *Mais elle est morte depuis deux ans !* ».
« *Je sais* » répond Louis.
Claire est stupéfaite de cette révélation. Après un moment de silence elle demande :
« *Tu parles également avec les humains comme avec les animaux ?* ».
« *J'en ai l'impression. Cela a commencé à l'aéroport. Depuis que je suis en Angleterre je regarde et j'écoute beaucoup* ».

Louis pénètre dans le petit salon. Le petit-déjeuner est dressé sur une grande table près d'une immense porte-fenêtre qui donne sur la terrasse.
Malgré l'heure matinale le soleil entre déjà à flot, joue avec les tentures et fait flamboyer les boiseries.
Il s'installe à la table. Elle est mise pour deux couverts. Elle est garnie de nombreux plats en argent et en porcelaine. Il s'amuse à soulever les couvercles et à découvrir les multiples ingrédients qui composent un vrai English Breakfast servi dans une bonne maison.
« *Je vois que James n'a rien laissé au hasard* » pense-t-il en souriant.
Son sourire s'élargit lorsqu'il constate qu'une délicate tasse de porcelaine fine est disposée à l'emplacement de chaque convive.
« *James semble avoir apprécié mon savoir vivre* ».
La veille au soir, lorsqu'il l'aidait à se transformer en un honorable gentleman en vue de la réception James lui avait demandé :
« *Monsieur trempe-t-il ?* ».

Louis avait heureusement de saines lectures grâce au bac magique de la déchèterie.
Il avait notamment trouvé un livre qui l'avait beaucoup amusé : il avait été écrit par une miss Anglaise et faisait une comparaison sans concession entre les mœurs Britanniques civilisées et celles pour le moins rustiques des Français.
Elle avait consacré tout un chapitre au petit-déjeuner.
Elle expliquait que, comme toute personne correctement éduquée, elle était surprise, voire choquée de la manie de nombreux Français de tremper divers solides agrémentés de divers ingrédients dans leur breuvage du matin. Faire subir cet outrage à une tasse de café, c'était choquant mais le faire à une tasse de thé, boisson nationale Britannique, c'était tout bonnement inconcevable ! Pour elle c'était comme ajouter de la limonade à un verre de Mouton Rothschild 1982.
Quand James lui avait posé la question « Monsieur trempe-t-il ? », Louis avait répondu par la négative.
Il avait perçu un très léger frémissement dans l'attitude de James qu'il avait traduit par un soulagement de sa part. James avait donc dressé deux élégantes tasses et non une tasse et un affreux bol.
« Si je continue à bien me tenir, il va finir par ne pas me tenir rigueur d'avoir eu la malchance de naître du mauvais côté de la Manche » pense-t-il en souriant.

Claire, Louis et l'Austin Mini pénètrent dans le centre de Londres.
En ce milieu de matinée la circulation est fluide. La petite voiture se faufile aisément entre les taxis et les autobus à impériale.

Louis admire la dextérité tranquille, efficace et pour tout dire British de Claire.

« Nous sommes bientôt arrivés » dit-elle.
Elle a expliqué à Louis qu'ils avaient rendez-vous avec le Major Hadrian.
« Un militaire ? » a demandé Louis.
« En quelque sorte » lui a répondu Claire avec un sourire mystérieux.

Ils longent Hyde Park et garent la voiture.
Ils prennent une allée latérale qui les conduit en quelques minutes à un bâtiment imposant. Ils le longent jusqu'à une large porte cochère gardée par deux militaires.
Sur le côté de la porte une plaque de cuivre sur laquelle est écrit :

Household Cavalry Mounted Regiment

Lorsque les deux jeunes gens passent la porte l'un des gardes fait un petit signe de la tête à Claire.
Ils pénètrent dans une vaste cour cernée de bâtiments en briques sur deux étages.
Claire oblique à droite et entre dans le bâtiment. Elle pousse une porte en face de l'entrée. Ils se retrouvent dans une grande salle aux murs couverts de harnachements, de selles et de divers matériels d'équitation, le tout d'une parfaite propreté et impeccablement ordonné.
Au milieu de la pièce un homme en treillis militaire est assis à un bureau.
Dès qu'il voit Claire il se lève avec un grand sourire et vient la saluer :

« Bonjour Lady Seymour. Je vais prévenir votre oncle que vous êtes arrivée. Si vous voulez bien attendre un instant ».
« Avec plaisir, Lieutenant, merci pour votre courtoisie ».
L'officier sort de la pièce.
Claire se plante devant un écusson accroché au mur.
« Mon cher, tu es maintenant dans le saint des saints de la Cavalerie de l'Empire Britannique » dit-elle d'un ton solennel qui finit en éclat de rire. « Tu es dans la salle de dispatching du 1er Régiment des Horse-Guards de Sa Majesté la Reine Élisabeth.
Regarde sa devise » dit-elle en montrant un blason accroché au mur : « Honi soit qui mal y pense. Elle est en Français ! Il est possible que certains de tes ancêtres aient servi dans ce régiment ».
« Ce serait amusant » lui répond Louis. « C'est ici que nous allons rencontrer le Major Hadrian ? ».
« Oui ». L'œil de Claire pétille à nouveau d'un air coquin qui intrigue Louis.

« Nous allons d'abord rencontrer mon oncle ».

À cet instant la porte s'ouvre et un homme entre dans la pièce.
Il est de haute stature, sanglé dans un uniforme à veste, cravate et bottes d'équitation marron, pantalon et chemise beige. Il a les cheveux grisonnants, le teint buriné, les yeux bleus, le regard ferme et direct des hommes qui ont l'habitude de commander.

Il avance vers Claire et, avec un grand geste, il s'exclame :
« Dans mes bras, ma nièce préférée et chérie ! ».
Claire se précipite pour une accolade tendre et virile.
« Mon cher oncle, je vous rappelle que je suis votre unique nièce ».
« Ce détail n'empêche pas que tu sois ma nièce préférée et chérie » dit-il dans un éclat de rire.
Il se retourne vers Louis.
« C'est lui ? » demande-t-il à Claire.
« Oui mon oncle. Je vous présente mon ami Louis dont je vous ai parlé. Si vous le voulez bien je l'ai amené pour qu'il puisse rencontrer le Major Hadrian ».
L'oncle de Claire examine Louis quelques secondes puis, en se redressant imperceptiblement :
« Je me présente : Major-General Sir Laurence Seymour, présentement commandant le Household Cavalry Mounted Regiment composé d'un escadron des Life Guards, d'un autre des Royal Horse Guards que l'on appelle « the blues » et d'un dernier escadron du Royal Dragoons que l'on appelle avec beaucoup d'imagination « the Royals ».
Je suis également l'oncle de cette charmante personne, tâche qui a été parfois aussi rude que celle de mener mes hommes ». Son œil plein de tendresse bourrue se tourne vers Claire.
Louis et le Major-Général échangent une poignée de main solide et franche.

« Suivez-moi, jeunes gens, nous allons voir le Major Hadrian. À cette heure il a terminé sa tâche et il est dans ses quartiers ».

Ils cheminent dans un couloir, parcourent une imposante écurie composée d'une allée centrale bordée de boxes spacieux

occupés pour la plupart par de magnifiques chevaux noirs. Tout est ancien, beau, fonctionnel et impeccable.
Ils pénètrent dans une coursive qui surplombe un superbe manège dans lequel huit chevaux et leurs cavaliers sont à l'exercice.
Le Major Général s'arrête quelques instants.
« C'est la relève de l'après-midi. Ces hommes détendent les chevaux, puis ils vont revêtir leur habit de parade et ils vont procéder à la relève de la garde devant Buckingham Palace. Ils exécuteront ensuite une faction d'une heure avant d'être relevés à leur tour ».
« Je vois qu'il y a un cheval gris parmi les noirs » remarque Louis.
« C'est exact » dit le Major-Général en souriant. « Les noirs sont des chevaux Irlandais pour la plupart de race Irish Draught. Nous avons également quelques bais qui sont habituellement des Cleveland Bay. Les gris sont des Windsor Grey. Ils sont réservés aux cavaliers qui sont trompettes dans le corps de musique de la Garde. Ils ne font pas de faction mais ils doivent également faire leur entraînement quotidien ».

Le trio reprend la visite : un couloir, une deuxième immense et magnifique écurie puis un escalier. Ils montent un étage et, à la surprise de Louis, ils pénètrent à nouveau dans une écurie aussi vaste que les deux précédentes.
« C'est, à ma connaissance, la seule écurie de Grande Bretagne où les chevaux sont installés sur deux niveaux. Venez, je vais vous faire voir un point de vue peu commun et peu connu ».
Le Major-Général ouvre une porte de côté et ils se retrouvent à l'extérieur, sur une terrasse qui parcourt toute la longueur

du bâtiment. Elle est bordée d'une rambarde en pierre d'environ 1 m 20 de hauteur.
Devant eux, un militaire est en train de panser un cheval noir attaché à la rambarde. Ce dernier a passé la tête par-dessus le muret et contemple tranquillement la circulation en contrebas. Le deuxième étage des bus rouges arrive presque à sa hauteur.

« Vous avez combien de chevaux dans ce bâtiment ? » demande Louis.
« À ce jour 273 » répond le Major Général.
Louis ne peut retenir un sifflement d'admiration. « 211 Chevaux, en plein centre de Londres, cela doit nécessiter une sacrée organisation » s'exclame-t-il.
« Je dirais plutôt une organisation militaire et Britannique » répond le Major Général. « C'est une chance que nous soyons à la fois Britanniques et militaires » ajoute-t-il avec un sourire.
« Cela dit, nous avons également l'aide de civils. Les hommes que je commande ne sont pas assez nombreux pour suffire à la tâche. Des civils nous secondent donc régulièrement pour travailler nos chevaux. Cela leur donne, par exemple, le privilège de les monter sur la piste de galop de Hyde Park. Claire est l'une de nos plus précieuses auxiliaires. Elle monte remarquablement bien. Elle avait même été pressentie pour faire partie de l'Équipe Olympique Britannique de Dressage. Mais Mademoiselle préfère régulièrement courir le monde »
Il se retourne vers Louis et ajoute : « C'est dommage pour la Couronne mais cela nous a permis de faire connaissance. Claire m'a dit que vous pourriez peut-être nous aider par rapport à un problème qui nous préoccupe actuellement au sujet du Major Hadrian ».

« *Je le ferai avec grand plaisir. Je serai ravi de le rencontrer* ».
« *Je pense que vous n'allez pas être déçu* ». *Le Major-Général et Claire échangent un sourire complice.*
Louis commence à être réellement intrigué.
Ils parcourent l'allée centrale de la quatrième écurie. Arrivés presque à son extrémité le Major-Général dit :
« *Nous y voilà* ».
Deux boxes plus spacieux et plus somptueux que les autres occupent le mur du fond de l'écurie.
Une plaque de cuivre est apposée sur le box de droite. Sur cette plaque Louis peut lire :

Major Hadrian
Household Cavalry drum horse

Il s'approche et voit dans le box un immense cheval bai immobile.
« *Je vous présente le Major Hadrian* » *dit le Major-Général d'une voix solennelle.*
« *Mais c'est un cheval !* » *s'exclame Louis.*
« *Oui* » *répond le Major-Général,* « *c'est également un officier de l'armée de sa Gracieuse Majesté* ».
Louis est stupéfait.
« *Il faut vraiment être Anglais pour coller des galons d'officier à un animal. Ceci dit, cela ne me déplaît pas. J'y trouve même de la noblesse* » *pense-t-il.*
« *Vous pouvez m'en dire plus ?* ».
« *Le Major Hadrian fait partie de l'orchestre du régiment. C'est le cheval qui porte les tambours lors des parades. Il a neuf ans, il est de race Shire. C'est une race qui donne les plus grands chevaux au monde. Il mesure 17,1 mains au garrot* ».

« 17,1 mains ? ».
« C'est la mesure que nous employons pour les chevaux. Cette hauteur correspond à 5 pieds et 18,1 pouces, soit, pour les continentaux environ 1 m 80 ».
« Impressionnant ! » s'exclame Louis.
Il regarde l'animal de plus près.
C'est une force de la nature : encolure solide, poitrail développé, dos droit, croupe ronde et bien galbée.
« Il est à la fois puissant et élégant. Un splendide animal ! » dit Louis.
Le Major-Général semble apprécier le compliment.
« Il a été incorporé à l'âge de cinq ans. Il a fait son apprentissage pendant quatre ans. À l'époque il s'appelait Good Boy, c'était son nom d'écurie. Lorsqu'il a été prêt à remplir sa fonction de tambour il a été présenté à Sa Majesté la Reine. Comme le veut la tradition, à cette occasion elle lui a attribué son nom d'officier qu'elle a choisi dans l'histoire antique. Elle a opté pour Hadrian. Elle lui a également conféré le grade de Major, ce qui en fait l'animal le plus haut gradé de toute l'armée Britannique ».
« Je lui présente donc les respects dus à sa charge et à son rang » dit Louis.
Le Major-Général sourit : « Je suis ravi que vous respectiez nos traditions ».

« Vous m'avez dit qu'il y a un problème avec le Major Hadrian ? ».
« Effectivement. Tout au long de son apprentissage il a montré des aptitudes et des qualités exceptionnelles. En plus de sa force peu commune il a développé un caractère solide, attentif et courageux. Et ne vous laissez pas abuser par sa masse imposante, il est capable d'une grande agilité. Il a déjà tenu sa fonction de tambour à l'occasion de quatre parades

*majeures dont trois en présence de Sa Gracieuse Majesté.
Tout s'est déroulé à la perfection.
Une cinquième parade est prévue le mois prochain.
Or, depuis deux semaines le Major Hadrian semble avoir perdu son énergie. Il rechigne à l'exercice, il n'a plus de vitalité, il est comme anesthésié.
Nous disposons des meilleurs vétérinaires et des outils de diagnostic les plus perfectionnés. Nous avons mobilisé tous nos moyens et nous n'avons rien trouvé. Aucun examen, aucune analyse n'a pu détecter la moindre anomalie.
C'est d'autant plus préoccupant que son état actuel ne nous permet pas de le faire participer à la prochaine parade ».*

« Je vois » dit Louis simplement. « Me permettez-vous d'intervenir ? ».

« Je vous en prie ! ».

« Claire vous a-t-elle expliqué ce que je fais ? ».

« Elle m'a simplement dit que vous parlez avec les animaux. Je ne vous cache pas que pour un vieux militaire comme moi, cette démarche a un côté un peu... exotique, qui me questionne ».

« Je vous remercie de votre franchise. Si vous souhaitez être rassuré par rapport à ma façon de faire... particulière, je peux vous dire que je ne toucherai pas le Major, que je ne lui donnerai aucun aliment, aucun médicament. Je vais effectivement me contenter de parler avec lui et de vous dire ce qu'il m'aura dit. Donc, le seul risque est de vous faire perdre votre temps ».

« Jeune homme, j'ai la faiblesse de penser que, de par mon métier et mon grand âge, j'ai appris à savoir à qui j'ai affaire. Je suis persuadé que, quelle que soit l'issue de votre intervention, vous connaître ne saurait être une perte de temps ».

Se tournant vers Claire il ajoute : « Si ma nièce préférée et chérie vous porte intérêt ce n'est certainement pas par hasard ».
« Merci de votre confiance qui m'honore ».

Louis ouvre la porte du box.
Le cheval ne réagit pas. Il a l'air endormi. Seules ses oreilles ont pivoté dans la direction de la porte du box lorsque Louis l'a ouverte.
Louis se tient maintenant debout, immobile.
Le temps passe.
Par moments Claire voit ses lèvres bouger légèrement, comme s'il murmurait. Parfois il se penche sur le cheval dans une posture d'écoute. Par instants un léger sourire apparaît sur son visage.
« Que fait-il ? » *murmure le Major-Général.*
« Il parle avec le cheval » *lui répond Claire sur le même ton.*

Louis finit par dire :
« Ce cheval est triste. Il a perdu son meilleur ami ».
« Un ami ? » *demande le Major-Général, les sourcils froncés de surprise.*
Louis reste silencieux un instant.
« C'est même plus qu'un ami, c'est aussi son guide ».
« Son guide ? ». *Le Major-Général est visiblement dérouté par ces informations.*
« Oui. Il l'a aidé dans son apprentissage. Il l'a encouragé et il l'a rassuré lorsqu'il doutait ».
« Je comprends. Vous voulez certainement parler de l'écuyer qui l'a éduqué, son instructeur ».
« Oui, mais pas comme vous l'entendez : ce n'est pas un humain, c'est un autre cheval ».

Louis ne laisse pas le Major-Général se remettre de sa surprise, il lui demande :
« Pouvez-vous m'expliquer l'apprentissage qu'a suivi le Major Hadrian ? »
« À cinq ans il a commencé par un débourrage classique, puis, il a été progressivement familiarisé avec les particularités de sa tâche ».
« Vous pouvez me donner des exemples ? ».
« Il doit s'habituer à la présence et au poids des deux tambours, soit 25 kg de chaque côté. Il faut le familiariser avec la musique, notamment les trompettes qui jouent juste derrière lui et surtout avec le bruit des tambours ».
« Ces coups de tambour à côté de ses oreilles, cela doit être difficile et stressant pour lui ».
« En fait, le plus stressant n'est pas le bruit mais les vibrations très intenses qui se répercutent directement dans son corps ».
« Comment s'est effectué le passage de relais entre le Major Hadrian et le cheval qui l'a précédé ? ».
« Je ne saurais pas vous le dire avec précision. Je vais appeler le Capitaine Miller qui le suit depuis qu'il a intégré le régiment ».
Le Major-Général s'éloigne.

« Il va vraiment me prendre pour un illuminé » *murmure Louis en souriant.*
Claire lui met doucement la main sur l'épaule :
« Je ne pense pas. Je crois au contraire qu'il a beaucoup d'estime pour toi. Sinon il ne t'aurait jamais laissé approcher ce cheval et il ne t'aurait certainement pas informé de ses difficultés ».

Au bout de quelques minutes le Major-Général revient accompagné d'un autre officier à l'allure svelte et énergique.
Le Major-Général dit :
« Bon, Capitaine Miller, voici le jeune homme dont je vous ai parlé ».
Ils échangent une poignée de main.
« Vous êtes vétérinaire ? » lui demande le Capitaine.
« Non, en France je suis ouvrier agricole ».
Claire sent le Capitaine se raidir. Elle doit se mordre les joues pour ne pas éclater de rire en voyant sa mine.
Le Major-Général semble également s'amuser de la situation.
« Il faut vraiment des siècles de discipline militaire et le légendaire flegme Britannique pour que le Capitaine reste aussi stoïque » pense-t-elle, « et mon petit paysan Français, toujours aussi candide et sincère, il me fait craquer ! ».

« Ce jeune homme a des questions à vous poser concernant le Major Hadrian » reprend le Major-Général.
« À vos ordres » Répond le Capitaine qui s'accroche au respect de la hiérarchie comme à une bouée de sauvetage.
Louis qui semble ne s'être aperçu de rien renouvelle sa question :
« Pouvez-vous me dire comment s'est effectué le passage de relais entre le Major Hadrian et le cheval qui l'a précédé ? ».
« Au cours de la dernière année de sa formation les exercices s'approchent de plus en plus des situations réelles de parade. Pour aider le nouveau nous le faisons systématiquement accompagner d'un ancien. Nous avons constaté que souvent cette présence le rassure. C'est ce que nous avons fait avec le Major Hadrian ».
« Vous faites de même dans les parades ? »

« *Oui, il a été accompagné de l'ancien pendant les trois premières parades auxquelles il a participé* ».
« *Et la quatrième ?* ».
« *Pour cette parade le Major Hadrian était seul pour la première fois et tout s'est très bien passé* ».
« *Elle a eu lieu quand ?* ».
« *Il y a deux semaines* ».
« *Et qu'est devenu l'ancien ?* ».
« *Comme tous nos chevaux, lorsqu'ils ont atteint la limite d'âge, il est parti à la retraite* ».
« *Comment s'appelle ce cheval ?* ».
« *Son nom d'écurie est Big Blue et son nom d'officier est Horatius* ».
« *Merci, je vais vérifier qu'il s'agit bien de lui* ».

Louis se retourne vers le Major Hadrian et se concentre. Au bout de quelques instants :
« *C'est bien de Big Blue dont il s'agit* ».
S'adressant au Capitaine : « *Vous souvenez-vous précisément des conditions du départ de Big Blue ?* ».
« *Il est parti le jour de la quatrième parade* ».
« *Je vois. Je vais à nouveau vérifier quelque chose* ».

Louis reprend contact avec le Major Hadrian. Cette fois la connexion dure plus longtemps.
« *Je pense avoir compris le problème : pour le Major Hadrian la quatrième parade s'est effectivement très bien passée. Il en était content et fier. Il était heureux d'en parler avec Big Blue. Quand il est rentré à l'écurie il ne l'a pas trouvé. Big Blue était parti. Depuis il est triste* ».
« *Vous voulez dire que Good Boy est triste d'être séparé de Big Blue ? Nous ne pouvons quand même pas le faire revenir.*

De plus sa retraite est très agréable et confortable » s'exclame le Capitaine, incrédule.
« *Pas exactement. Ce n'est pas la séparation qui pose problème à Good Boy, c'est le fait qu'il ne la comprend pas, qu'il a brutalement perdu le contact avec son ami et qu'il ne sait pas ce qu'il est devenu* ».
« *Je ne comprends pas la différence* » dit le Capitaine.
« *Je vais prendre un exemple avec les vaches. Une vache met au monde un veau. Ce veau est mort-né. Si vous enlevez immédiatement le veau, la vache va s'agiter, meugler et le chercher pendant des heures. Si vous laissez le corps du veau à sa place, la vache va le sentir, prendre le temps de comprendre qu'il est mort et enregistrer l'information. Lorsque cela sera fait elle va d'elle-même s'éloigner et vous pourrez enlever le veau sans problème* ».
« *C'est remarquable et très surprenant* » s'exclame le Major-Général. « *Et c'est pareil pour les chevaux ?* ».
« *Oui et non. Le principe est le même, les modalités sont différentes. Pour accepter les changements les deux ont besoin de les comprendre. Les vaches sont des animaux du temps long, plus que les chevaux. C'est pour cela qu'elles ruminent. Ruminer c'est aussi digérer l'information. Il leur faut donc souvent plus de temps. Les vaches et les chevaux ont également un point commun : lorsque l'information est enregistrée, c'est fait, il n'y a pas besoin d'y revenir* ».

« *Donc, que faut-il faire ?* » demande le Capitaine anxieux de la suite.
« *Je vais informer Good Boy de ce qui est advenu à Big Blue* ».
« *Vous allez le rassurer ?* » demande le Major-Général.
« *Non, je ne peux pas. Je n'ai pas le pouvoir de le rassurer, ni de le convaincre. La seule chose que je peux faire c'est de lui*

donner les informations pour qu'il se rassure. Pouvez-vous me décrire le lieu où Big Blue passe sa retraite ? ».
Le Capitaine intervient :
« Il est dans un lieu appelé Home of Rest for Horses, dans la commune de Princes Risborough, dans le Buckinghamshire. C'est une propriété de 200 acres, à la campagne. Il dispose d'un vaste box. Il est sorti tous les jours au pré. Il est en compagnie de nombreux chevaux de l'armée à la retraite. Il a retrouvé certains de ses camarades, comme Captain Greatgun et Rommel dit Long John, qui sont comme lui des drum horses à la retraite.
Chaque dimanche le public est convié à une parade. Les chevaux ne sont pas montés. Ils sont présentés en main. En tant que plus haut gradé et plus récent arrivé il est en tête de cortège. Aux dernières nouvelles des organisateurs il semble que Big Blue apprécie particulièrement ces parades. Il est aussi la coqueluche des enfants qui sont autorisés à monter sur son dos pour se faire photographier. C'est un bon soldat, fidèle et courageux, il le mérite » dit le capitaine, visiblement ému.
« Bien, je vais donner ces informations à Good Boy et je vais l'aider à se connecter à Big Blue pour qu'ils échangent en direct ».
« Vous pouvez le faire à distance ? » demande le Major-Général, visiblement surpris.
« Pour ce genre de chose j'ai constaté que la distance n'existe pas. Je ne sais pas pourquoi ni comment ça marche, je sais juste que ça marche » répond Louis simplement.
Il se place juste devant Good Boy et se concentre à nouveau.

Le temps passe.
Puis, très lentement, le cheval baisse son encolure jusqu'au moment où sa tête vient reposer sur l'épaule de Louis. Ils

restent ainsi un grand moment. Good Boy émet un grand soupir puis lâche un gros crottin.
Louis se recule et s'exclame avec un grand sourire :
« C'est bien mon grand ! » et il le gratte vigoureusement entre les oreilles.
Le cheval se tourne et commence tranquillement à manger son foin.

Louis s'adresse à Claire et aux deux officiers.
« C'est fait ».
« C'est-à-dire ? » demande le Capitaine.
« La connexion entre Good Boy et Big Blue s'est faite. Ils ont pu se parler. Je ne sais pas ce qu'ils se sont dit. Good Boy semble rassuré et content ».
« Y a-t-il quelque chose à faire de plus ?
« Non, Capitaine, s'est terminé pour nous. La suite concerne uniquement Good Boy. Il est en train de diffuser la bonne nouvelle à toutes ses cellules ».
« Vous pouvez nous expliquer ? » Demande le Major-Général.
« Je vais prendre un exemple qui doit parler à des Britanniques » dit Louis avec un sourire, « Quand vous mettez un sachet de thé dans de l'eau chaude vous voyez des lignes brunes se former qui deviennent progressivement des nuages de thé. Au bout d'un moment l'ensemble du liquide est devenu du thé. C'est pareil pour l'information qu'a reçue Good Boy de son ami. Elle est en train de faire son chemin dans son organisme jusqu'au moment où toutes les cellules l'auront reçue. Pour un cheval c'est en général très rapide. Je pense que dans deux heures ce sera fait et Good Boy pourra reprendre ses activités normalement ».
Les deux officiers semblent médusés.

Louis reprend « j'allais oublier, je dois vous prévenir des éventuels effets secondaires : Good Boy va sûrement retrouver son énergie et son entrain. Il se peut même qu'il passe d'un extrême à l'autre, de l'apathie à l'euphorie. Vu sa taille et sa force, je vous suggère de prévenir les personnes qui vont s'en occuper d'être prudentes pendant un jour ou deux ».
« Merci du conseil, mais je connais mon métier » réplique le Capitaine d'un air un peu pincé.

Ils empruntent à nouveau l'allée centrale de l'écurie et s'éloignent du box de Good Boy.
« Je vous invite à prendre un thé ou toute boisson à votre convenance. Je sais que ce n'est pas exactement l'heure mais je pense que le Capitaine Miller et moi avons besoin de rassembler nos esprits » dit le Major-Général.
Il ajoute en s'adressant à Louis « Cela ne semble pas être le cas pour vous, jeune homme. Vous venez de faire un acte que je qualifie d'extraordinaire et vous n'en paraissez pas plus étonné que si vous aviez donné du foin à une vache ».
« C'est vrai. Au début j'étais surpris. J'ai même été parfois un peu inquiet et je me suis vite habitué. Je suis rassuré parce que je ne peux pas faire de mal. Au pire cela ne marche pas et l'animal reste en l'état ».
« Avez-vous une idée de comment cela marche ? ».
« Aucune. Je ne sais ni pourquoi, ni comment. Je sais juste ce que j'ai à faire et je le fais ».

Tout en échangeant le groupe continue son chemin dans le bâtiment. Ils sont maintenant arrivés dans l'allée principale de la deuxième écurie lorsque Louis s'arrête soudain.
Il semble écouter.
« Vous permettez ? » demande-t-il.

*Le Major-Général a un geste d'acquiescement.
Louis se tourne vers un magnifique cheval noir dont la tête et l'encolure sortent d'un box.
« Il veut me parler ».
Louis se met face au cheval.
Après un moment il dit :
« Son cavalier est souvent stressé. Il a alors des gestes brusques et peu coordonnés. Le cheval a du mal à comprendre précisément ce qu'il attend de lui. Il me demande que vous disiez à son cavalier que tout va bien, qu'il n'a pas besoin d'avoir peur, qu'il fait du bon travail, qu'il va y arriver ».
« Vous connaissez ce cheval ? » demande le Major-Général au Capitaine Miller.
« Oui, c'est Wellington, un cheval expérimenté. Il est monté par l'une de nos nouvelles recrues. J'ai effectivement constaté que ce cavalier a parfois une monte qui manque de liant ».
« D'après ce que le viens d'apprendre, votre homme a besoin d'être rassuré et encouragé. Je compte sur vous ».
« À vos ordres ».*

---

*Il est 17 heures Claire et Louis sont installés dans le salon du manoir de Highlore. Ils prennent le thé en discutant paisiblement.
Claire raconte l'histoire de cette demeure, ses ancêtres.*

Soudain, par la fenêtre ouverte sur la terrasse ils entendent le bruit d'une voiture qui freine brusquement sur le gravier de l'allée, puis un coup de sonnette impérieux.

Quelques secondes après le Major-Général fait irruption dans le salon, suivi par James qui tente de le débarrasser de son manteau.
Le Major-Général s'approche des deux jeunes gens et, avec de grands gestes il s'écrit :
« Il est tombé ! Le nez dans le sable du manège ! ».
Il part dans un énorme éclat de rire qui fait trembler sa moustache.
« Que s'est-il passé ? Demande Claire.
Son oncle rit tellement qu'il a du mal à parler. Il finit par dire :
« J'ai demandé à être prévenu quand Good Boy allait reprendre l'exercice. Je me suis rendu dans la coursive qui surplombe le manège. Quand il est entré, avec le Capitaine Miller qui le tenait par la bride j'ai tout de suite vu qu'il était, comment dire ? Joyeux. Il était harnaché pour la monte. J'ai été surpris que le Capitaine Miller ne commence pas par le longer, suite à vos recommandations. J'ai laissé faire, comme a dit le Capitaine, il connaît son métier. Quand il s'est mis en selle Good Boy a commencé par vouloir lui arracher les rênes. Manifestement il avait plus envie de s'amuser que de travailler. Quand le Capitaine a tenté de le remettre aux ordres il l'a carrément et proprement éjecté ! ».
Un énorme éclat de rire secoue à nouveau l'oncle de Claire.
« Et après, pendant un bon quart d'heure personne n'a pu approcher Good Boy. Il a enchaîné départs au galop, voltes, ruades, on aurait dit un poulain lâché dans un pré après une nuit au box. Quand il s'est calmé il est redevenu sage comme une image ».
« Je ne suis pas surpris » dit Louis, « quand le ressort a été comprimé il doit se détendre ».

Le Major-Général ajoute en s'adressant à Louis :

« Je vous ai déjà dit tout le bien que je pense de vous. Je suis impressionné et admiratif de votre capacité à communiquer avec les chevaux. Je pense également que vous pouvez être très utile au personnel, notamment aux officiers qui ont en charge l'instruction des recrues. Si vous le voulez, je souhaite prendre le temps de réfléchir avec vous aux modalités d'une coopération régulière avec le régiment. J'aimerais vous revoir avant votre départ pour la France ».
« J'en serais ravi et vraiment honoré ». Lui répond Louis, surpris de l'enthousiasme de son interlocuteur et de cette proposition.
« En attendant, je vous laisse, le devoir m'appelle » dit le Major-Général avec un sourire mutin « je dois me rendre au pot que va offrir le Capitaine Miller à l'ensemble des officiers. C'est la tradition lorsque l'un d'entre eux tombe de cheval ».
Il quitte la pièce d'un pas joyeux.

Claire contemple Louis qui la regarde tranquillement.
« Mon petit paysan Français, je t'aime » murmure-t-elle.
Louis devient rouge comme une pivoine et plonge le nez dans sa tasse de thé.

Claire et Louis passent la journée du lendemain à visiter la campagne Anglaise. Ils déjeunent dans une auberge au bord d'une rivière. Le temps est superbe, les paysages sont charmants : des collines, des vallons, des grandes prairies, des forêts magnifiques, des villages aux maisons coquettes. Louis est heureux. Il contemple Claire quand elle parle, rit, sourit, fait des grimaces, réfléchit, rêve.

« *Elle est belle* ».

Puis ils reprennent le chemin de Highlore Manor. Au moment où l'Austin Mini s'arrête devant la magnifique bâtisse, James est sur le perron, un téléphone à la main. Il fait un signe à Claire.
Cette dernière le rejoint.
« *Votre oncle, le Major-Général Sir Laurence* » *dit-il en lui tendant le téléphone.*
Louis s'approche et entend des bribes de la conversation :
« *Bonjour mon...* » *L'oncle de Claire semble lui avoir coupé la parole. Il a l'air pressé.*
Au bout de quelques instants Claire dit : « *Oui, bien... Je vois. Je vais le lui demander* ».
Elle se tourne vers Louis :
« *Mon oncle a reçu une requête d'une personne apparemment haut placée qui a des soucis avec l'un de ses chiens. Elle a fait intervenir des spécialistes qui n'en trouvent pas la cause. Elle a entendu parler de toi et elle voudrait savoir si tu serais d'accord pour aller voir cet animal* ».
« *Bien sûr ! Lui répond Louis, avec plaisir, si je peux rendre service* ».
L'oncle de Claire a entendu la réponse de Louis.
Il enchaîne précipitamment et suffisamment fort pour que Louis puisse l'entendre :
« *Bien, vous me rendez un grand service. Je viens vous chercher demain à neuf heures. Claire, tu confies Louis à James pour qu'il l'habille de façon appropriée* ».
« *Oui, mon oncle, il faut juste me dire si nous allons au fin fond d'une ferme ou au château de Buckingham* » *répond Claire dans un sourire.*
Après une seconde d'hésitation :

« Eh, ce n'est quand même pas le château de Buckingham, mais faites comme si cela l'était » répond le Major-Général d'un ton pressé. « À demain ». Il raccroche.

Claire regarde Louis, étonnée.
« Je n'ai jamais vu mon oncle agité de la sorte. Il l'est plus que s'il allait charger sabre au clair avec son régiment. Je me demande qui nous allons voir. Peut-être un très haut gradé, ou même un membre du gouvernement, un ministre… ».

« 8 h 45, mon oncle va bientôt arriver » pense Claire.
À cet instant James et louis entrent dans le salon.
« Si Mademoiselle Claire veut bien vérifier » dit James d'un ton solennel.
Claire se retourne. James est manifestement satisfait de son œuvre :
Un costume gris souris bien coupé sur un gilet de couleur légèrement plus claire, une chemise bleu ciel, une cravate bleu plus soutenu avec très légers motifs à pois vert clair, une pochette assortie, une paire de chaussures en cuir couleur chamois.
Elle contemple Louis. Il est vraiment magnifique. Elle est à nouveau étonnée et ravie de l'aisance avec laquelle il se glisse dans des vêtements si éloignés de ses origines.
« Beau, naturel et élégant ». Pense-t-elle.

Ils entendent un véhicule arriver. Ils sortent sur le perron.
Le Major-Général descend d'une magnifique Bentley noire d'un modèle un peu ancien. Il est accompagné d'un homme en tenue de chauffeur de maitre.
Ils s'installent aux places arrière. La voiture démarre.

« La personne que vous allez visiter a eu l'obligeance de mettre son chauffeur et sa voiture à notre disposition. Cela facilitera le trajet » dit le Major-Général.
« Où allons-nous, mon oncle ».
« Je peux simplement vous dire qu'il s'agit d'une personne qui occupe des fonctions importantes. Elle est assez connue. Elle souhaite que votre intervention reste confidentielle. Elle n'a pas l'intention d'alimenter les gazettes à fort tirage et à faible niveau intellectuel. Je sais que je peux compter sur vous ».
« Certainement » répondent en chœur les deux jeunes gens.

Le chauffeur conduit l'imposante voiture avec souplesse et dextérité.
Ils sont dans le centre de Londres. Ils remontent St James Street. La rue fait un angle droit à gauche, barrée par un imposant bâtiment de briques rouges.
Louis a juste le temps de distinguer au centre de la bâtisse une porte cochère en ogive surmontée d'une imposante horloge carrée, flanquée de deux tours octogonales à créneaux. Au pied de chaque tour une porte en ogive et devant chaque porte un soldat en armes revêtu de l'uniforme des Guards.
Sans même ralentir la voiture s'engouffre dans le passage ouvert par la porte cochère. Au moment où elle passe à leur hauteur les deux militaires se mettent au garde-à-vous.

La voiture s'arrête au milieu d'une cour carrée cernée de bâtiments anciens à quatre étages.
« Colour Cour » dit le Major-Général. « Elle fait partie de St James's Palace ».

Les occupants descendent de la voiture. Guidés par le chauffeur, ils se dirigent vers une deuxième tour octogonale en saillie au centre de l'une des façades.

Ils entrent par la porte de la tour et sont face à un officier en uniforme qui manifestement les attendait. Il leur adresse un salut impeccable et, s'adressant au Major-Général :
« Mes respects Sir. Si vous voulez bien me suivre ».
Le chauffeur, ayant terminé sa mission, les quitte.
Ils suivent l'officier dans une enfilade de couloirs jusqu'à une salle spacieuse garnie de fauteuils en cuir et de tables basses. S'adressant à nouveau au Major-Général :
« Avec votre permission, je vais vous demander, ainsi qu'à Lady Seymour de bien vouloir attendre ici ».
« Vous en êtes sûr ? » demande le Major-Général.
« Tout à fait. Ce sont les consignes précises que j'ai reçues. J'ai également pour ordre de rendre votre attente aussi agréable que possible. Je suggère que vous vous installiez confortablement. Un steward viendra dans quelques instants vous proposer une collation et des rafraîchissements à votre convenance ».
« Il ne nous reste donc plus qu'à prendre patience » dit le Major-Général, fataliste, en se calant dans un large fauteuil en cuir.

« Si vous voulez bien me suivre » dit l'officier à Louis.
Ils reprennent leur cheminement dans les couloirs.
L'officier ouvre une porte, s'efface pour laisser passer Louis et la referme en s'éloignant.
Louis est dans une pièce de taille moyenne, éclairée par deux grandes fenêtres qui donnent sur la cour carrée. Un petit homme chauve est assis à un bureau qui occupe le centre de la pièce.

À l'entrée de Louis il se lève et s'avance.
Il porte une tenue classique, semblable à celle d'un majordome mais elle a quelque chose de particulier, de plus distingué qui fait immédiatement penser qu'il s'agit d'une personne qui occupe des fonctions importantes. Son maintien et son regard le confirment. C'est à la fois un serviteur et un individu qui a l'habitude d'être obéi.
« Bonjour Sir » dit-il avec un sourire de bienvenue. « Je vous remercie d'avoir répondu si promptement à notre invitation. Je me nomme Henry... » Après une seconde de silence « Henry, c'est parfait et tout à fait suffisant pour ce que nous avons à faire ».
Louis est intrigué et amusé de cette entrée en matière.
« Comme le Major-Général vous l'a expliqué, je suis au service d'une personne dont l'un des chiens est victime d'un problème de comportement. À ce jour nous n'avons pas été en mesure d'en déterminer l'origine. D'après nos informations, il semblerait que vous ayez des aptitudes particulières en la matière. Je vous remercie à nouveau d'avoir en la gentillesse d'accepter de nous aider ».
« C'est la moindre des choses, si je peux vous être utile. Vous pouvez m'expliquer la situation ? ».
« Certainement. Au préalable je dois insister sur le caractère strictement confidentiel de cet entretien et de ses prolongements ».
« Je m'engage à ne faire état d'aucune information sur ce qui va suivre à quiconque, ceci incluant le Major-Général et Lady Seymour » dit Louis posément.
« Je ne me serais pas permis de faire cette demande à un gentleman, mais, dans la mesure où vous prenez vous-même l'initiative de cet engagement, j'en prends note et je vous en remercie ».

Le petit homme semble soulagé et rassuré de l'initiative de Louis.

Après quelques secondes de silence il enchaîne :
« L'animal en question s'appelle Cyrano, il a huit ans et il est de race Welsh Corgi Pembroke.
C'est un chien habituellement paisible et d'humeur tranquille. Depuis quelques semaines il a un comportement inhabituel : il a parfois des accès d'agitation, il se met soudain à courir partout sans se préoccuper de son entourage. Cela nous pose un grave problème : sa maîtresse étant une Lady d'un certain âge, nous craignons qu'un jour les mouvements intempestifs et désordonnés de Cyrano la fassent tomber.
Vu son âge et le style de vie qui est le sien, une blessure serait réellement préoccupante.
Ma maîtresse est très attachée à Cyrano. Si nous ne trouvons pas une solution satisfaisante elle devra se résoudre à s'en séparer ».
« Je comprends. Je peux voir Cyrano ? ».
« Certainement, il est dans la pièce voisine, suivez-moi ».

Après presque une heure, Henry et Louis entrent dans la grande pièce où les attendent Claire et le Major-Général. Ce dernier bondit sur ses pieds, manifestement impatient.
« Alors ? » Demande-t-il à Louis.
« Bonjour Monsieur le Major-Général » dit le petit homme en le saluant. « Je crois que nous nous sommes déjà rencontrés ».
Le Major-Général lui rend son salut avec un air respectueux qui n'échappe pas à Claire.

« En effet, je suis ravi de vous revoir. Alors, avez-vous été satisfait de la prestation de ce jeune homme ? ».
« Satisfait n'est pas le mot que j'emploierais ».
Quelques secondes de silence.
Claire sent le Major-Général se crisper légèrement.
« Je dirais plutôt étonné, voire stupéfiait. Si je m'autorisais à jurer j'irais jusqu'à dire que ce fut une diable de foutue performance.
Dès qu'il l'a vu, le chien est venu se coucher à ses pieds. Il n'a plus bougé de toute la séance. On aurait dit qu'il l'écoutait. Au bout de vingt minutes son comportement avait totalement changé. Je ne suis pas autorisé à vous en dire plus, mais il est évident que le problème est réglé ».
Louis intervient :
« Comme je vous l'ai dit, il est possible qu'il recommence son comportement gênant. Il le fera progressivement moins souvent, moins longtemps et moins fort puis il va disparaître totalement. Dans le cas où il recommence vous savez maintenant quoi faire ».
« Je pense que c'est l'élément le plus extraordinaire de votre démarche » s'exclame Henry. « Vous nous avez donné un moyen simple et si facile à mettre en œuvre pour aider Cyrano ! Et maintenant que nous savons, cela parait tellement évident ! ». Henry est visiblement ému.
« Au nom de ma maîtresse je vous adresse à nouveau mes plus sincères remerciements. Elle va être vraiment heureuse de pouvoir garder son chien favori auprès d'elle ».

Dans la voiture, sur le chemin du retour vers Highlore Manor le Major Général s'agite sur son siège. Il est

manifestement tiraillé entre la discipline du vieux soldat et une curiosité dévorante. N'y tenant plus il dit à Louis :
« Alors ? ».
Au bout de quelques secondes Louis répond :
« J'ai fait ce qu'il fallait faire. En fait c'était assez simple. Je suis content d'avoir pu rendre service à cette dame et à son chien ».
« Et tu as une idée de qui cela peut être ? » Lui demande Claire.
« J'ai compris qu'il est préférable que je ne me pose pas la question. C'est ce que je m'applique à faire » Répond-il avec un sourire mutin.

Le lendemain matin Claire et Louis sont sur la terrasse en train de prendre leur petit-déjeuner.
Ils voient la Bentley noire s'avancer dans l'allée et s'arrêter près du perron. Le chauffeur qui les avait conduits à Londres la veille en descend. Il monte les marches et sonne à la porte d'entrée. James vient lui ouvrir. Il lui tend un paquet et retourne à la voiture qui démarre doucement.

Quelques instants après James s'approche des deux jeunes gens, portant un petit paquet noir sur un plateau d'argent.
« Pour Monsieur » dit-il en se penchant vers Louis.
Ce dernier le prend et le pose sur la table.
Claire s'approche.
« De quoi s'agit-il ? » demande-t-elle.
« Je ne sais pas, il n'y a pas d'inscription, pas de mot d'accompagnement, pas d'adresse, rien ».
« Ouvre-le » dit-elle intriguée.

Louis défait délicatement le tissu de velours. À l'intérieur il découvre une petite boîte également noire.
Il l'ouvre avec précaution.
« Une montre » s'exclame-t-il. « Regarde, elle est magnifique, sobre et élégante ! ».
Claire l'examine de plus près.
Elle semble soudain émue :
« Ce n'est pas n'importe quelle montre ! » s'exclame-t-elle.
« C'est une Longines ! ».
« Tu sembles la connaître » murmure Louis, surpris.
« Elle a bercé toute mon enfance » dit Claire d'une voix songeuse. « C'est presque la même montre que celle que le roi Georges a offerte à mon grand-père pour les services qu'il a rendus à la Couronne pendant la guerre. Mon grand-père n'étant pas friand des honneurs et du luxe ostentatoire, il a accepté cette montre qui n'est pas un objet de luxe mais un compagnon fiable et précis tout-à-fait adapté pour un officier Britannique.
Et même s'il ne l'a jamais dit, je sais qu'il était également fier de son élégance digne d'un gentleman. Le roi la lui a remise en tête-à-tête un jour qu'il était en visite privée à Highlore Manor ». Un instant songeuse, Claire ajoute :
« La personne qui a choisi ce cadeau a compris que tu ressembles à mon grand-père ».

Le séjour de Louis en Angleterre touche à sa fin.
Demain matin il doit reprendre un avion pour la France.
Il est sur la terrasse avec Claire et le Major-Général.
Ce dernier lui propose de venir passer une semaine au régiment dans un mois. Il ajoute :

« *Cela nous laissera le temps de prévoir votre programme d'interventions. Si vous en être d'accord, vous allez travailler avec certains de nos chevaux. Je souhaite également que vous expliquiez à nos cavaliers ce que vous avez compris de la psychologie de ces animaux et que vous échangiez avec nos instructeurs sur les moyens de bien faire fonctionner le couple cavalier / cheval. Je prendrai également la précaution de conserver des temps libres car, suite à votre intervention auprès du chien de la DAME (il insiste sur ce mot avec un grand sourire), il n'est pas impossible que vous soyez à nouveau sollicité par des personnes de son entourage. Cela vous convient-il ? ».*
Louis lui répond :
« Pour parler avec les animaux, il n'y a aucun problème. Par contre, pour vos autres demandes, ce sont des choses que je n'ai jamais faites ».
Claire intervient :« Je pense que tu sauras faire. Par exemple tu as appris beaucoup sur le comportement des chevaux. Il te reste simplement à rassembler tes idées. Je peux t'aider pour cela ».
« Comment ? ».
« Si tu le veux bien, je t'en parlerai plus tard ».
« Avec une assistante de la qualité de Claire, vous ne pouvez plus refuser » S'exclame le Major-Général.
« C'est bon, je me rends. C'est d'accord ».
« Bien, je suis ravi. Je demanderai à mon adjoint de régler tous les détails de votre voyage et de votre séjour ».
« Si vous le voulez bien, mon oncle, et si Louis en est d'accord, je n'envisage pas qu'il puisse séjourner ailleurs qu'à Highlore Manor » Dit Claire, « sauf s'il préfère dormir dans un box de votre régiment » ajoute-t-elle dans un sourire.

Plus tard dans l'après-midi Claire et Louis sont assis sur un banc, dans le parc, à l'ombre d'un immense chêne.
« *Tu pars demain* » *dit Claire, songeuse.*
« *Oui* ». « *Tu as dit que tu peux m'aider pour rassembler mes idées sur le comportement des chevaux et sur leur bonne entente avec les humains. Je pense que j'en ai vraiment besoin. Tu vois cela comment ?* ».
« *C'est très simple : je pars avec toi en France* » *dit-elle avec un large sourire.*
Louis, surpris de cette idée reste silencieux.
« *Tu ne pensais tout de même pas que j'allais tranquillement te laisser repartir ? Je suis plus tenace que cela : je te tiens, je ne te lâche plus. Pour m'échapper il va falloir que tu coures très vite et très longtemps. Et puis, à la ferme je saurai me rendre utile. J'ai bien l'intention de gagner mon pain en travaillant. J'ai beau être une Lady Anglaise, je n'ai pas peur de me salir...* ».
Claire parle vite, avec un ton joyeux un peu forcé tout en scrutant le visage de Louis. Manifestement elle est anxieuse de sa réaction.
Louis lui fait un signe de la main pour l'interrompre.
« *J'ai une chose à te dire. Je ne sais pas bien comment faire, je n'ai pas l'habitude...* ».
Après un silence, il regarde Claire dans les yeux et murmure : « *Je t'aime* ». *Il ajoute :* « *Je suis heureux que tu m'accompagnes* ».
Des larmes de joie aux yeux, Claire saisit le visage de Louis dans ses deux mains : « *Je t'aime, mon petit paysan Français* ». *Elle pose un doux baiser sur ses lèvres.*

FIN. À SUIVRE, PEUT-ÊTRE.

Le guerrier IO

Un vallon étroit entre deux énormes blocs de rochers gris et déchiquetés. C'est là que vient mourir la grande plaine et que commence le territoire des IO. Sur le sable étincelant se détache une silhouette formidable. Là-haut, sur le rocher, le IO veille. Il a la grandeur et l'immobilité des montagnes. Ses six pattes plantées dans le sol par des griffes acérées montent à la verticale tels les fins piliers d'un temple. Puis, chacune forme un coude, se prolonge à l'horizontale par deux masses de muscles colossaux. Celle du dessus est protégée par une lisse et brillante carapace noire striée d'anneaux d'or. Cette carapace se prolonge et recouvre un immense corps arrondi qui se termine par une pointe aiguë comme une dague. Et, tout là-haut, la tête est fichée comme une couronne sur le monument à la guerre éternelle. Elle évoque un V qui va en s'aplatissant et dont les deux branches supérieures sont reliées par deux lèvres polies et acérées qui forment une formidable tenaille.

Seuls émergent de cette armure étincelante et noire deux dômes bleuâtres composés d'une multitude de facettes régulières.
Immobile depuis une éternité, le guerrier IO veille.

La lune s'est levée. Le paysage baigne dans une clarté bleue. Chacun des prismes de ses yeux lui envoie l'image d'une parcelle de son terrain de surveillance. Il a occulté la majorité de ces prismes pour concentrer son attention sur la plaine. C'est de là que viendra le danger. Et, de temps en temps, comme lui commande le Grand Instinct des guerriers IO, il parcourt la totalité de son champ visuel. Ce balayage produit à la surface des dômes une vague irisée sous la pâle clarté de la lune.

C'est le seul mouvement du guerrier formidable.

Le moment de la relève est proche. Sa réserve vitale est presque totalement épuisée. Bientôt, il verra sur le rocher voisin la silhouette colossale d'un autre guerrier qui viendra prendre sa place. Ils resteront immobiles un instant jusqu'à ce que le nouveau venu ait mémorisé le moindre détail du paysage. Puis il entreprendra le chemin du retour à la Source. Là, les petites ouvrières lui présenteront la nourriture qu'il digérera lentement. Il sentira progressivement la Force entrer en lui. Puis il reprendra sa route vers un autre point de surveillance.

Avant, la Source était énorme, invulnérable. Puis une nouvelle reine est née. Elle est partie, il l'a suivie ainsi qu'une poignée de ses congénères. Ils ont erré pendant longtemps. Nombreux sont ceux qui n'ont pu atteindre la caverne de la nouvelle Source. Maintenant la reine doit créer d'abord des ouvrières pour agrandir et consolider la colonie. Ensuite viendront les guerriers. Chacun d'entre eux doit être impitoyable et monter la garde jusqu'à la limite de sa Force. Le chemin de la source est parsemé de cadavres de guetteurs immobiles comme dans une dernière veille face au néant. Les prismes de leurs yeux éteints sont par endroits effondrés et creusent des cratères qui laissent apercevoir de sombres cavités. La Force et les a quittés.

ENNEMI !

Il est là, il vient d'apparaître dans la plaine, tout proche. Il se détache dans la clarté bleue. Son corps arrondi composé d'anneaux d'écailles imbriquées les unes dans les autres se termine en un énorme pieu, un dard meurtrier qui lui sert à la fois d'armes et de bouche. Il se balance sur ces six énormes pattes courbes et hérissées de poils qui lui permettent d'effectuer des bonds prodigieux. Sa tête est une petite écaille en forme d'hémisphère : une sorte de casques minuscules d'où sortent de fins tentacules sensoriels qui permettent à ce tueur aveugle de sentir et de localiser sa proie.

Le guerrier IO l'a reconnu immédiatement : c'est un U, l'un de ces pillards qui se déplacent en bande et qui attaquent tout ce qu'ils rencontrent. C'est un éclaireur à la recherche de gibier. Il a senti une présence étrangère ; ses tentacules s'agitent en tous sens, puis, petit à petit, ils se tendent vers les rochers.
Le guerrier IO sait qu'il est découvert et qu'il vient d'être identifié.
Le U doit mourir, il ne doit pas pouvoir alerter son clan !

Le guerrier IO ne sentira plus les petites ouvrières s'affairer autour de lui et lui tendre la nourriture. La Force décline en lui peu à peu. Il devrait rentrer immédiatement à la source mais il va combattre, tuer le pillard et mourir.

Le U continue à se balancer sur ses énormes pattes. Il a reconnu son ennemi. Il sait qu'il a en face de lui un guerrier redoutable. Mais derrière ce guerrier il y a des ouvrières aux viscères tendres, une reine au corps découvert et gorgé de larves délicates. C'est ce qu'il faut pour sauver le clan, ce clan qui n'a pas trouvé de nourriture depuis longtemps et qui en est réduit à donner ses propres petits en pâture aux guerriers pour qu'ils aient la force de chercher et de combattre.

Le guerrier IO sent que son ennemi hésite, qu'il s'apprête à faire demi-tour pour aller chercher du renfort. Il ne doit pas. Il doit mourir. Alors le guerrier IO se décide : son gigantesque corps secoué du grand frisson de la guerre se dresse haut, les yeux face à la lune, ses mâchoires s'ouvrent sur un cri assourdissant de colère et d'impatience puis se referment en un claquement effroyable comme un gigantesque piège. Le défi est lancé.

Et ce défi rend le U furieux. Ces deux pattes antérieures fouettent l'air en tous sens. Ses tentacules tendus vers l'ennemi vibrent à l'unisson. Son corps est secoué de spasmes qui le plient en un sifflement aigu et qui font jaillir de la carcasse verdâtre un énorme pieu noir et luisant : le sexe de la mort cherche un ventre vierge pour imprimer sa marque. Il viole et aspire les organes, les viscères, s'enfonce lentement. Il éteint les yeux un à un et va décrocher jusqu'aux derniers lambeaux de chair. Il ne laisse qu'une carcasse vide et noire dans laquelle siffle le vent et s'accumule la poussière.

Les deux guerriers se font face. Ces deux tueurs formidables semblent palpiter d'une même ardeur profonde et obscure. Et soudain il se lance l'un vers l'autre pour le baiser de la mort.

À l'instant où le U prend son élan pour sauter, le guerrier IO, avec un hurlement strident se jette dans la pente. Il dévale vers la plaine en soulevant derrière lui une traînée de poussière et de roches éclatées. Le U retombe juste dans la trajectoire du guerrier IO qui, de toute sa masse, le percute. Les deux combattants enlacés roulent jusqu'au pied des rochers dans un fracas épouvantable. Le U, à cheval sur le guerrier IO lance son aiguillon meurtrier. Il glisse le long de la carapace qu'il marque d'une profonde estafilade brune. Le gardien réussit à saisir dans ses mâchoires une patte velue de l'ennemi. Il l'arrache d'un coup, dans un craquement d'os broyés. Le pillard, agrippé son adversaire, prend appui sur le sol au moyen de ses deux énormes pattes postérieures et tente de le renverser sur le dos. Sa seule chance est de planter son dard dans le ventre tendre et clair. Arc-bouté, le guerrier IO résiste. Immobiles comme des statues de pierre les deux corps craquent sous l'effort farouche.

Le IO sent la Force le quitter lentement, inexorablement. Il commence à céder et s'incline doucement sur le côté. Le U doit opérer une volte-face pour pouvoir procéder la mise à mort. Pendant une fraction de seconde il lâche sa proie et entame un demi-tour. Alors, en un éclair le gardien voit la Source, l'esprit de tous les guerriers IO morts au combat l'envahi et, d'une détente prodigieuse il parvient à saisir entre ses mâchoires la tête du pillard. À l'instant où le dard entre en lui il écrase cette petite tête ronde.

La poussière retombe lentement autour des combattants. Les carapaces des deux corps enchevêtrés luisent doucement sous la lune. Un léger tremblement agite le guerrier IO. Il doit remonter sur le rocher pour être sûr que le guerrier qui va le remplacer puisse le voir et alerte la Source. Retenant la flamme de vie qui luit encore doucement au fond de son être, il entreprend de faire demi-tour. Lentement il avance en direction de la falaise. À chaque pas il traîne entre ses pattes le cadavre de l'ennemi dont le dard est resté fiché dans son ventre. Et, chaque pas, ce dard déchire un peu plus cet abdomen tendre et blanc.

Il est maintenant presque au sommet. La trace humide du liquide de vie qui s'écoule de sa plaie marque le chemin. Dans un dernier effort de titan, il fait un bond en avant. Le dard aigu tranche les derniers tendons de son ventre clair et, avec un bruit mou, ses viscères se répandent doucement au sol.

Le guerrier IO est immobile au sommet du rocher. Il lutte encore pour garder les dernières étincelles de la Force. Il veut transmettre son message d'alerte. Il concentre toute son énergie dans les deux dômes de ses yeux. Il cherche le guetteur qui va venir. Mais il ne perçoit que la douce clarté bleutée de la lune.

Et soudain cette clarté s'atténue, une énorme masse noire venue d'en haut grossit rapidement, dévore tout l'espace. Li perçoit un dernier craquement effroyable lorsque son corps de géant est écrasé, laminé contre le rocher.

« On est bien ! C'est si calme ici ! »

Le garçon s'assoit à côté de la fille et lui passe doucement le bras autour des épaules. Ensemble, ils lèvent les yeux vers les étoiles qui scintillent au loin. Et d'un tout petit point perdu dans l'infini, une voix dit :

« Je t'aime ! ».

FIN

Si tous les gardiens sont des Anges, ce ne sont pas tous des lumières

« Moi, je te le dis, tu aurais mieux fait de rester à l'hôtel, cette nuit, au lieu de t'embarquer sur cette autoroute. Tu as vu ce brouillard ?
Même moi je n'y vois rien et je ne sais pas que te conseiller, je n'ai pas assez d'expérience. J'ai juste fait un stage de formation accélérée et hop, ils m'ont directement affecté au BSV, le Bureau de Suivi des Vivants, manque de personnel. Et, pas question de grève parce que le Patron ne tolérerait pas. Il est bien, sévère mais bien, le genre un peu paternel.Avant je n'y croyais pas trop, les Anges, les Saints et tout le bazar. Quand j'ai « passé », lorsque l'examinateur a lu mon dossier, il m'a dit qu'avant ils ne m'auraient jamais accepté comme Ange. J'ai bénéficié de la rareté croissante de la main-d'œuvre qualifiée.

Il faut dire que par mon métier, quand j'étais « en bas », j'étais un peu préparé : je faisais Gardien de la Paix, enfin surtout de la mienne : 30 ans de service, pas un blâme, pas un avancement, mort d'une congestion cérébrale, ce qui a bien fait rire les collègues. Même ceux qui sont « montés » depuis ne peuvent pas s'empêcher de me charrier chaque fois que l'on se croise.

Donc, je continue à veiller sur les citoyens, sauf que je n'en ai plus qu'un à m'occuper. C'est quand même plus tranquille, d'autant plus que pour mon premier ils m'en ont donné un facile : c'est un prudent, du genre qui met une ceinture et des bretelles à son pantalon.
Moi, je préfère : un bon père de famille, bon époux, bon citoyen c'est du billard à garder, c'est la planque. On fait juste attention qu'il mette bien sa ceinture de sécurité et qu'il ne prenne pas de bébête quand il va voir les dames une fois par mois. S'il commence à bouger, à avoir des idées de changement, je le calme. Par exemple je le mets devant la télé. La télé ça calme bien.
Depuis quelque temps on a une nouvelle technique pour ceux de la ville : on les envoie à la campagne : le retour à la bouse. C'est souvent efficace. Évidemment on a de bons comptables qui peuvent devenir de mauvais paysans mais ça les calme. Finalement il n'y a qu'à donner un petit coup de collier de temps en temps et tout se passe bien. Mon humain a 35 ans, sauf incident de parcours il en a fait la moitié. Il aurait pu quand même éviter de rouler pas ce brouillard, cet animal !

C'est comme l'enfer, mon chef m'a raconté : avant cela existait réellement, sauf que ce n'était pas comme on l'imagine « en bas », vu qu'on laisse le corps, comment feraient-ils pour le faire rôtir ?
En fait ils collaient ton âme au mitard : tu ne voyais plus rien, tu n'entendais plus rien, tu restais à flotter dans du gris. Il paraît que c'était une sacrée vacherie.

La pénurie de « Gentils Anges » était devenue telle qu'ils ont commencé à libérer les moins atteints, puis ils ont continué avec les autres et maintenant il n'y a plus personne en Enfer. Ils les ont tous fait passer à la Désintox : une petite visite au Grand Patron, il te balance un coup de périscope, il te regarde dans le blanc des yeux et paf, tu deviens bon comme un Ange, prêt à prendre du service.
Enfin, il y a quand même eu des ratés. Au début du siècle quand la Désintox a commencé le système n'était peut-être pas encore au point, une fois cela a même failli tourner vraiment mal : on traitait Napoléon, le petit avec le chapeau, un fameux numéro !
Je ne sais pas si le Grand Patron a été dérangé pendant le traitement ou s'il n'était pas en forme ce jour-là, toujours est-il qu'il n'a peut-être pas mis toute la gomme.
Enfin, il y a quand même des sécurités : quand un gars « à problèmes » a été passé à la Désintox et qu'il est devenu Ange, il est A5. A5 c'est le grade le plus bas dans la hiérarchie des Anges. Par précaution on commence par lui confier la garde d'un type « sans potentialité » comme on dit dans notre jargon administratif, un débile en fait.
Parce qu'ils ne vont pas lui confier un président de la République ou un Préfet de Police. Tu vois le tableau en bas si le gars se met à dérailler !
Pour Napoléon, ils avaient commencé par lui confier un gus en Bavière, petit, terne, peintre en bâtiment, le type a priori sans histoire et sans avenir.
Sauf que son Ange Gardien c'était Napoléon. Et chassez le naturel, il revient au galop. Il n'a pas pu s'empêcher d'insuffler des idées de grandeur au peintre en bâtiment : le coup de patte, le coup de gueule, c'était signé : Napoléon avec

un grand H. Il a même ressorti l'emblème de l'aigle en plus carré, plus Teuton.
Et en même temps il y avait un tas d'anciens adjoints de Napoléon qui venaient également d'être passés à la Désintox et qui avaient également hérité d'un humain à garder. Ils ont vite reformé la bande à Napo. Enfin quoi ? Tout un tas d'inconnus qui tout à coup se mettent à bourdonner comme des guêpes, à gonfler, gonfler, un obscur sans-grade qui devient d'un coup général, cela ne vous rappelle rien ?

Heureusement la chance qu'on a eue c'est que les copies n'étaient pas à la hauteur des modèles : la gloire c'est comme le vin : au début ça dope : on se prend pour Superman, puis après coup on est vaseux, on a la gueule de bois ; pour retrouver la pêche on reboit, et hop, décollage immédiat ! Les passagers pour l'heure de gloire, en rang par quatre, demi-tarif pour les « allons enfants » de la partie. Et plus on tape dans la bonbonne plus on monte haut, plus on descend bas et plus on se met à dérailler. Le souffle était là mais les caisses n'ont pas tenu le choc. Le plus fort c'est que ça a fini par s'arranger presque tout seul : le peintre en bâtiment a reproduit les mêmes erreurs que son Ange Gardien : il n'a pas osé s'attaquer vraiment aux Anglais et il est allé se les geler en Russie. Mais nous, on a eu chaud et quel bazar ! Moi je n'y connais rien mais il serait peut-être utile de créer une Inspection Générale des Services pour superviser les Anges Gardiens, des « bœuf-carottes » comme on avait dans la Police.
Bon, je vous laisse, il faut que je m'occupe de mon Kamikaze qui s'est perdu dans le brouillard ».

FIN

Ski sophrénie

Robert était un garçon plutôt effacé et chétif. Aussi, lorsqu'ils avaient appris qu'il partait pour un raid à ski, tous les employés du Service Contentieux de la Caisse Locale d'Assurance Chômage en étaient restés babas, Edward le premier.

À son retour, Edward l'avait trouvé changé : lui, l'employé modèle sombrait parfois dans de longues rêveries tout à fait inhabituelles.
Intrigué, Edward avait voulu en savoir plus et avait entrepris de l'approcher.
Il y était si bien parvenu qu'un soir Robert l'avait invité à prendre un verre chez lui. Ils s'étaient quittés tard dans la nuit. En rentrant dans son appartement, Edward titubait, ivre des images qu'avaient créées les mots magiques que

Robert avait prononcés d'une voix frémissante : lumière, vent, froid, blanc, bleu, liberté...

Une semaine plus tard il décida de s'engager à son tour pour un raid à ski. Il annonça à sa famille qu'il ne viendrait pas pour sa prochaine semaine de congé, prétextant l'un des deux ou trois check-up annuels que tout citoyen responsable doit effectuer à l'hôpital de son district.
Personne donc ne s'inquiéterait pour lui. L'esprit tranquille, il commença ses préparatifs.

Un soir, en rentrant du bureau, il trouva dans sa boîte aux lettres une liasse de feuilles imprimées jaunies et en assez piteux état. Il allait les jeter lorsque le mot ski accrocha son regard. Il examina ces feuillets et s'aperçu qu'ils avaient été arrachés à un livre comme il en existait autrefois, avant les enregistrements numériques. Intrigué, il les glissa dans sa poche, monta chez lui, s'installa confortablement dans un fauteuil et se mit à les étudier avec attention.
Ces pages avaient été écrites du temps où les gens sortaient des villes pour se livrer à des actions plus ou moins fatigantes et dangereuses qui semblaient nécessaires à leur équilibre puisqu'elles n'étaient pas imposées. Il s'agissait en l'occurrence d'une espèce de manuel pour apprendre à utiliser des skis. À l'époque les téléskis n'étaient employés que pour monter les pentes, la descente se faisait n'importe où, sans ordre et sans contrôle. Ce sont des pratiques qui paraissent incroyables aujourd'hui mais il ne faut pas oublier que seulement deux cents ans auparavant des êtres humains s'entre-tuaient encore à l'aide d'instruments effilés et cela simplement pour le plaisir de se montrer le plus habile.

Edward relut plusieurs fois les feuillets. La dernière phrase surtout lui faisait un effet étrange : « Et rien ne peut remplacer l'impression de liberté totale que l'on éprouve à survoler la neige poudreuse et à creuser un sillage étincelant à l'endroit précis que l'on a choisi ».
Il s'était levé et, par jeu, s'appliquait à reproduire les positions et les mouvements exposés dans le livre.
Il avait passé une nuit agitée et avait fait d'étranges rêves dans lesquels il volait sans fin sur une matière blanche et légère.

La veille de son départ, en rentrant du bureau, il avait trouvé un mail dans sa boîte personnelle. Il lui avait été adressé par les organisateurs du raid à ski. Il contenait les dernières recommandations ainsi que les détails pratiques du transport jusqu'à la station. Une photographie en relief d'un des passages du raid était jointe à l'envoi. Elle représentait une sorte de petite vallée encaissée, enfouie dans la neige. Le relief donnait réellement l'impression de faire partie du paysage. Edward avait l'impression d'être tout près du vieux sapin mort, noir et tordu, planté au flanc du coteau qui plongeait vers une petite rivière en contrebas.
En se penchant, il pouvait l'apercevoir, brillant légèrement dans la pénombre, saisie par le froid en un instant qui se prolongerait jusqu'au printemps.
Le regard de Edward remonta lentement le long du versant opposé.
« On dirait la mâchoire d'un gigantesque animal préhistorique » pensa-t-il.
Une énorme pente vallonnée qui s'arrondissait en son sommet et, surgissant de cette gencive, une formidable paroi verticale, découpée comme une denture de carnassier. La

lumière diffuse qui baignait cette falaise la rendait encore plus sauvage.

Edward allait s'arracher à la contemplation de ce paysage lorsqu'il remarqua une tache étrange au pied d'une « dent ».
« On dirait une carie » pensa-t-il en souriant.
Il alla chercher une loupe qu'il utilisait pour examiner sa collection de quartz synthétiques.
Il la centra sur la tâche, fit la mise au point et regarda.
« Ce doit être une grotte ou plutôt une faille dans la roche ».
Il se met à parcourir la tache grise dans l'espoir de discerner quelques détails. Soudain sa main s'arrête et revient vivement en arrière sur le point qu'elle venait de passer. Il poussa fébrilement le grossissement et refit la mise au point.
« Ça alors ! Cette forme claire sur le bord de la caverne, on dirait uns silhouette humaine ».
Plus Edward fixait cette silhouette, plus elle semblait se préciser. Et vint le moment où il acquit la conviction qu'il s'agissait d'une femme.
« Qu'est-ce qu'elle fait là ? ». Saisi par cette découverte Edward se mit à échafauder les hypothèses les plus farfelues.

Cette étrange vision le poursuit jusque dans son sommeil : la grotte, la silhouette baignée d'une brume étrange qui soudain s'élance et se met à décrire d'éblouissantes arabesques le long de la pente, un être magique nimbé d'une traîne étincelante.
Elle disparaît en amont, à un endroit où la rivière semble moins encaissée, elle reparaît sur le même versant que lui, plus haut, et se met à descendre dans sa direction. Elle semble voler sur un nuage.
Elle disparaît dans une combe puis resurgit toujours plus proche.

Il la voit maintenant très nettement et s'applique à suivre ses évolutions, à en comprendre le mécanisme. Des passages entiers du vieux livre sur le ski lui reviennent en mémoire. Tout lui semble si simple, si naturel. Il a la conviction qu'il pourrait en faire autant. Dans une large courbe finale Elle se pose près de lui et plonge son regard dans le sien. Il se sent emporté par un tourbillon, par une vague immense qui le soulève et le projette...
Edward tomba lourdement sur le tapis. D'un violent effort il dégagea ses pieds pris dans les couvertures. Il s'assit sur son lit et se frotta le visage. La fée, il l'appelait ainsi par désespoir de ne pouvoir lui trouver un autre nom, la fée lui avait parlé d'une voix si douce qu'il avait frémi des pieds à la tête. Elle lui avait dit : « Viens, je t'attends ! ».

Il est seul.
À la station de départ, il avait sciemment laissé ouvert deux crochets de sa chaussure gauche. Dès que ce fut son tour, il s'avança vers la machine. Aussitôt, le perchman électronique émit un signal d'alerte. Sur le tableau de contrôle apparut en caractères lumineux :
« ANOMALIE PIED GAUCHE ».
Edward fit semblant de ne pas comprendre puis, lorsqu'il eut gagné une trentaine de secondes, il ajusta enfin son équipement. Le skieur qui l'avait précédé était déjà loin. Il lui restait à s'occuper de ses arrières : Au moment où la perche allait l'enlever, il fit mine de perdre l'équilibre, écarta les bras et poussa violemment la personne qui s'apprêtait à le suivre. Complètement surprise, elle s'affala, entraînant dans sa chute tout ce qui se trouvait à sa portée. À la seconde où il s'arracha de la station, il jeta un regard en arrière et éclata de rire : une masse de skieurs imbriqués les uns dans les

103

autres était en train de déclencher un véritable feu d'artifice sur le tableau de contrôle du perchman électronique.
« Eh bien mon vieux, tu es quand même gonflé ! Se dit-il avec un sourire mi-fier, mi-surpris. Il vient de s'apercevoir avec stupeur que pour la première fois de sa vie il vient de commettre sciemment une action illégale.

Une légère secousse le tire de ses pensées. Il vient de passer un pylône et entame une descente impressionnante. Le système de freinage automatique de ses skis entre en action et sa vitesse se calque instantanément sur celle de la perche. L'impression d'être retenu, freiné en douceur est assez curieuse mais finalement c'est aussi simple que lors de la séance d'essai sur simulateur.
Cela fait maintenant plus d'une heure qu'il est parti. Il s'est peu à peu détendu.
« C'est la première fois que je passe un moment aussi long sans entendre un seul bruit provoqué par un être humain ». Cette idée, amplifiée par le silence ambiant, se met à tourner et à rebondir dans sa tête. Un soupir le soulève, un immense bonheur l'envahit, éclate en un cri qu'il pousse à pleins poumons, le nez dans le soleil.

Et soudain, devant lui surgit un vieil arbre mort aux branches tordues et noires. Tétanisé, Edward le voit s'approcher rapidement. Au moment où il arrive à sa hauteur, d'un geste instinctif, il lâche la perche.
Il est face à l'arbre, depuis des heures, depuis dix secondes. Finalement il ose, il lève lentement les yeux le long du versant opposé : La "mâchoire" est là, elle l'écrase de sa masse gigantesque. Et tout de suite il aperçoit la tâche. Il n'y a pas d'erreur possible, c'est bien une grotte a demi cachée dans un repli vertical de la paroi.

Un étau enserre lentement la poitrine de Edward, ses jambes se mettent à trembler : Il l'a vue, elle est là-bas, c'est certain. Pendant une fraction de seconde l'image du Bureau, de ses collègues au néon le retient, puis le fil se casse d'un coup et Edward plonge dans la pente.

Sa vie d'homme libre commence.
Il prend de la vitesse, ses skis disparaissent dans la neige poudreuse qu'ils soulèvent en une grande gerbe de douceur. Instinctivement il corrige sa position, resserre les pieds, fléchit les genoux et sans même réfléchir, déclenche un somptueux virage.

Lui, l'employé modèle, le gratte-papier consciencieux, le rat, il est devenu un homme libre. Sa vilaine carcasse a éclaté, il sait que rien ne l'arrêtera plus. La descente se poursuit, l'effort est intense, la sueur coule sur son front. Un dernier virage et il arrive au bord du torrent. Ne sachant comment s'arrêter, il se laisse tomber de côté : plongée en douceur dans un duvet blanc, une cabriole et arrêt. Edward s'ébroue, sort la tête de la neige et éclate d'un rire puissant et fou qui le secoue tout entier. Il se redresse, se débarrasse de ses skis et s'élance sur la glace du torrent. Il le franchit en courant et s'offre même une ou deux glissades.
Il saute sur l'autre rive. Il se dresse face à la montagne. Elle a le reflet magique de la maison du soldat qui rentre de la guerre.
« J'arrive ! » Hurle-t-il, et il se met à courir droit à la pente. En l'atteignant il est contraint de ralentir, mais il hurle de plus belle :
« J'arrive, c'est moi, j'arrive ». Et il commence l'ascension.

Il monte en s'aidant des mains et, enfoncé jusqu'à mi-cuisses dans une neige instable, il progresse pas à pas. Il s'élève lentement au-dessus du ravin. Il se retourne, il est déjà à la hauteur du téléski qui poursuit son chemin sur l'autre versant.
Un skieur passe, cramponné à sa perche.
Edward se met à crier dans sa direction : « Je suis libre ! Libre ! Elle m'attend ! Eh, le rat, tu m'entends ? ».

Les oripeaux de ce monde d'esclaves lui deviennent soudain insupportables. Il s'acharne sur le casque de son scaphandre isotherme, finit par trouver le mécanisme d'ouverture et l'arrache d'un geste sec.
L'air glacé entre en lui comme une tornade. Il suffoque, sa tête se met à tourner. Il a l'impression qu'un liquide entre en lui par sa bouche, chemine par sa gorge jusque dans ses poumons.
« C'est ça, le froid ? C'est merveilleux ! Je suis libre ! ».
De toutes ses forces il lance le casque et le regarde disparaître dans l'abîme.

Puis l'ascension reprend. Elle devient plus difficile car par endroits le vent a soufflé la neige et n'a laissé qu'une croûte de glace sur la roche. Edward sent la Force qui l'entraîne, il se retourne pour
pousser un cri de défi à l'univers, mais l'un de ses pieds dérape et il se met à glisser le long de la paroi. Il se jette à plat ventre pour tenter de freiner sa chute, ses mains cherchent désespérément un point d'appui. La neige qu'il pousse devant lui s'épaissit et le ralentit progressivement. Il finit par s'arrêter.
En proie à une rage folle, il se jette à nouveau dans l'escalade. Il ne remarque même pas le filet régulier de sang

qui coule de son poignet ouvert et qui rougit la neige chaque fois qu'il pose la main pour prendre appui.
« J'y suis presque, encore un peu ! Mon Dieu, qu'est-ce que je me sens bien ! Elle m'attend et nos enfants tueront tous les rats, toute cette racaille de rats ! ».
Il continue son ascension scandant chaque pas d'un
« racailles de rats ». Il s'immobilise enfin au bord de la grotte. Son cœur se met à battre de plus belle et soudain, il a une sorte de raté. Edward titube, tombe sur les genoux. Le sang chaud s'écoule et creuse lentement la neige.

Edward sort lentement de sa torpeur, il s'ébroue :
« Je suis fatigué mais je ne vais quand même pas m'endormir avant d'être avec elle ! ».
Il se relève en chancelant, fait quelques pas et parvient à l'entrée de la grotte.
Elle est là, assise devant lui, sa peau de nacre resplendit dans la pénombre. Il s'approche encore. Elle ne dit rien, elle le regarde simplement avec une expression de tendresse infinie. Edward se jette dans ses bras avec un sanglot :
« Tu ne seras plus jamais seule, je suis là maintenant, je veillerai sur toi ! ». Il enfouit son visage dans son cou.
« Mais tu es glacée ! Attends, on va arranger ça ».
Il entreprend de quitter le reste de sa combinaison isotherme et s'en sert pour la couvrir.
« Ça va mieux ? ». Elle ne lui répond pas, mais lui sourit, heureuse.
Il se laisse aller, sa tête vient s'appuyer sur les genoux de sa nouvelle compagne, il l'entoure de ses bras.
Elle le regarde, son beau visage penché sur lui. Il veut lui parler mais il est si bien, si fatigué, que doucement il s'endort.

Ref. : X2 RAPPORT D'ACCIDENT N° AK 32 N° de code : 155

*Équipe d'alerte : Secteur : J2. Responsable : Hugues Grant
Circonstances :
Signal d'alerte émis le 3 janvier/4X à 11 h 04 par contrôleur électronique N° 114 indiquant un lâcher de perche en cours de trajet. Après fermeture du téléski, équipe de service et tractochenille ont remonté la piste. À hauteur du pylône N° 87 ont trouvé des traces de skis s'écartant du tracé. Les traces ont conduit à une faille dans une falaise proche dans laquelle un homme Edward Korque (N° Client 1 165 448 766) se trouvait étendu, nu, la tête sur un bloc de glace d'une hauteur de 65 cm, les bras entourant le dit bloc.
Détails particuliers :
La combinaison isotherme N° 8867 remise à la personne avant son départ était enroulée auteur du bloc de glace.
État physiologique de l'accidenté : Décédé.
Causes : Hémorragie, hypothermie générale.
Observations :
Les causes du comportement ayant entraîné la mort ne correspondent à aucun type répertorié.
Décision de l'inspection générale :*   À classer

SCHIZOPHRÉNIE :
Maladie mentale caractérisée par l'incohérence et la rupture de contact avec le monde extérieur.

FIN

La mission du marin de Première Classe Couturier

« Sur ce navire, je suis responsable des ascenseurs. Cela ne parait pas mais c'est un sacré boulot et il faut du doigté : je suis à l'extérieur et à la seconde où l'ascenseur arrive au palier je dois appuyer sur le bouton pour qu'il s'arrête. Il s'agit de ne pas le laisser filer, ça pourrait faire du vilain ! C'est une grosse responsabilité et c'est à cause de l'ancienneté que j'ai pu avoir ce poste. Parce que moi, je ne suis que simple marin, mais attention ! Il y a quand même une différence : j'ai peut-être un uniforme bleu clair comme tous les autres mais moi je suis à la limite de devenir sous-officier !

Et ça m'est arrivé un jour, ah je n'oublierai jamais ! J'étais de faction devant l'ascenseur, je surveillais le tableau de commandes. Je vois les voyants qui s'éclairent : 1, 2, 3 et au moment pile où le 4 va s'allumer j'appuie sur le bouton

rouge. Les portes s'ouvrent et alors je tombe nez à nez avec le Pacha, le grand patron quoi ! Je ne l'avais jamais vu mais je l'ai reconnu tout de suite : uniforme blanc, impeccable, le sonar autour du cou. Oui, le sonar ! C'est une sorte de ventouse avec un tube en caoutchouc qui se termine par deux écouteurs que les gradés se mettent dans les oreilles.
Une fois j'ai demandé au Lieutenant Roger à quoi ça servait. Il m'a emmené à l'écart, il a regardé si personne n'écoutait et il m'a dit « Chut ! Top secret ! C'est pour détecter les sous-marins » et il m'a fait un clin d'œil. Ça fait quand même plaisir d'avoir la confiance de ses chefs !

À propos de chef, quand j'ai vu l'Amiral, je me suis planté au garde-à-vous. Il a eu l'air surpris, il faut dire que le garde-à-vous je le réussis comme personne. Il s'est retourné vers les officiers d'état-major qui l'accompagnaient ; il y avait justement le Lieutenant Roger, notre chef de secteur. Ils ont parlé à voix basse, puis l'Amiral s'est approché de moi et, en personne, il m'a tapoté la joue en souriant. Je suis resté au garde-à-vous, complètement ébahi. Ils se sont éloignés et le Lieutenant Roger est revenu me voir, il m'a dit : « Marin Couturier, garde-à-vous ! », il a pris son badge de commandement, il a enlevé l'étiquette qui portait son nom et l'a épinglé sur mon uniforme. Puis il s'est mis à rire, j'ai ri aussi, j'étais tellement fier ! J'ai compris que je n'aurai le droit de mettre mon nom sur le badge que lorsque je deviendrai sous-officier.
Si je réussis ma mission, je serai certainement nommé sous-officier, et j'aurai l'uniforme blanc et même le sonar.

C'est que moi, j'ai compris depuis longtemps qu'il y a quelque chose qui ne tourne pas rond. J'ai mené ma petite enquête. Je voulais savoir pourquoi il est interdit de dépasser le 4e

étage et de monter sur la passerelle. Je suis allé à l'avant, Juste sous le pont. Dans un couloir, j'ai trouvé un hublot au plafond, et j'ai attendu qu'il n'y ait personne pour me voir, Je suis monté sur une table et j'ai regardé.
Là-haut il y avait les grandes vitres du poste de commandement, toutes éclairées. Mais personne. Pas d'homme de barre, ni même de chef de quart ! Il devrait pourtant être là, les jambes écartées, les grosses jumelles noires et brillantes vissées sous sa casquette à galons. J'ai vu des films, moi ! Et dans les films, c'est toujours comme ça ! Même qu'après, le commandant vient par une porte qui s'ouvre avec un volant et qu'il dit : « alors, Fergusson, quelle est la situation ? ».
Mais ils se foutent du monde, là-haut ! On va finir par se payer un récif à foncer comme ça, tout droit dans le noir. Ça m'a vraiment paru louche, alors j'ai continué mon enquête.

Et un jour, j'ai entendu un officier dire à un autre : « dehors, c'est tout gelé ». L'autre a répondu : « ne m'en parlez pas, mon brave monsieur, avec toutes leurs bombes atomiques, ils ont complètement détraqué le temps ».

Alors, j'ai voulu en avoir le cœur net, je me suis mis en faction devant un hublot et j'ai observé dehors. J'y voyais mal à cause de la hauteur et de la vitre qui était sale, mais j'ai pu me rendre compte que le navire ne bougeait plus. Dehors tout est gelé. J'ai fini par comprendre : l'ennemi a réussi à tout détraquer, et il a GELÉ LE TEMPS !

Je comprends pourquoi nos chefs ne nous en ont pas parlé. Ça aurait complètement démoli le moral de l'équipage. Et j'ai l'impression qu'ils ne savent pas comment se sortir de ce guêpier. Tous les jours il arrive de nouveaux blessés. Il y en a même qui sont salement amochés.

Il n'y a qu'une chose à faire, c'est s'infiltrer, traverser les lignes et prévenir le haut commandement. Et moi, je vais essayer et je sais que j'y arriverai. Je suis quand même plus fort que toute cette bleusaille qu'ils envoient au casse-pipe. Et je reviendrai avec du renfort, on fera sauter tout ça, on les obligera à dégeler le temps, ces salauds ! Et le navire roulera, puissant sous mes pieds, la brise de mer me fouettera le visage, devant moi, sur le pont, tous les marins seront alignés au garde-à-vous et l'amiral s'approchera lentement, il s'arrêtera devant moi, le Lieutenant Roger lui tendra un coussin de velours rouge, il prendra un badge à mon nom qu'il épinglera sur ma poitrine, puis un sonar flambant neuf qu'il posera autour de mon cou. Puis il me tendra la main et en la serrant, il me dira « au nom du navire et de tout son équipage, je vous dis merci, sous-officier Couturier ! ».
Et nous pourrons à nouveau hisser les couleurs. Tout là-haut, à la pointe de la vergue du grand mât flottera le drapeau blanc frappé de la Croix-Rouge, l'emblème de notre croisade sainte contre la mort et ses démons. Et quand nous aurons gagné, le navire partira dans le soleil couchant et ira rejoindre le paradis.

Mais je ne dirai rien personnes.
Un jour, j'ai essayé d'en parler au Lieutenant Roger. Et je lui dis : « Mon Lieutenant, je connais le problème, laissez-moi y aller, je suis sûr que je peux sortir et revenir avec du renfort ! ».
Il a eu l'air surpris mais il n'a pas cherché à nier la situation, il m'a répondu d'un ton sévère : « Vous sortirez quand ça ira mieux ».

*Puis il s'est radouci et m'a dit en souriant :
« Et si vous partez, qui s'occupera de l'ascenseur ? ».*

*Bon, l'ascenseur d'accord, mais ma mission, c'est quand même beaucoup plus important. J'ai tout prévu. J'ai trouvé un grand couteau bien solide à la cuisine, une paire de bottes et un bon manteau fourré que j'ai pu faire disparaître. Il ne s'agit pas que l'ennemi me reconnaisse avec mon uniforme ! Ça y est ! Le garde se lève. Il va vers le distributeur de boissons. La voie est libre, aidez-moi mon Dieu, j'y vais ! Je suis passé !
Le marin de première classe Couturier se retourne. Les lumières du bâtiment brillent doucement dans la nuit grise et mouillée. La géométrie fait deviner la forme générale de cette masse gigantesque. Le beau navire de combat est figé dans un colossal effort contre la mer déchaînée et immobile. La poitrine du marin de première classe Couturier est soulevée d'un profond soupir : « Je réussirai ! Et le premier qui se dresse sur mon chemin... ».
Il sert convulsivement son couteau et s'enfonce dans la nuit froide.*

*« Allô, ici le poste de garde de l'hôpital neurologique... Ah, bonsoir Dr Roger. Non, je n'ai vu passer personne. Bon, je donne l'alerte immédiatement. Mais ne vous faites pas trop de souci, un type qui se balade en pyjama et en pantoufles en pleine nuit, on aura vite fait de le repérer.
Je vous tiens au courant. Et puis, Couturier, c'est un gentil ! Bonsoir Docteur ».*

FIN

Jacques Durand

Le nouveau-né c'est un prénom : « il s'appelle Jacques, c'est un garçon »,
Plus tard l'école le met en rang
Et lui donne un nom : Jacques Durand,
Puis l'armée en fait un homme grand et droit,
Il apprend à obéir et devient Durand Jacques,
L'amour au cœur puis l'habitude qui le prend,
Il se métamorphose en M. et Mme Durand,
L'étude de tous les facteurs en fait M. Le Directeur,
Enfin son âge lui donne droit au repos mérité,
Il n'est plus que M. Durand retraité,
Et un jour le boucher rencontre le croque-mort
Qui lui dit « le père Durand est mort ».
Vivement que l'ordinateur remplace le nom des gens,
Les nombres entiers feront cesser ce désordre exaspérant.

Médor le chat gris

Couché dans mon lit,
Je vois Médor le chat gris
Qui vient faire son nid
Sur mon ventre, comme chez lui.
Il jette un œil à ma poésie,
S'étire, baille, me sourit
Et, fatigué de toutes ces rimes en i,
Se gratte la tête à mon stylo.

Remerciements

Merci à :

- *Marc Fénery pour les nombreux concepts qu'il m'a enseigné,*
- *Corinne Dewolf, Émilie Valente et ma fille Camille pour m'avoir permis de découvrir les moyens d'une relation privilégiée avec les animaux,*
- *Claudine, Helga, Sophie et Isabelle, mes béta lectrices pour leurs remarques, pour leurs suggestions pertinentes et pour leurs encouragements.*

Copyright Jean Dominique ZANUS 2018
www.jdz.fr

Dépôt légal octobre 2018
ISBN : 9782322164257
Édition : BoD - Books on Demand, 12/14 rond-point des Champs-Élysées, 75008 Paris, France